독자님, 이렇게 책으로 만나뵙게 되어 영광입니다.
블로그, SNS, 유튜브 등에 이 책을 읽은 리뷰를 남겨주시면
큰 힘이 됩니다.
리뷰에는 사진을 찍어 올려주시면 더욱 감사합니다♡
동영상으로 촬영하셔도 됩니다.
독자님의 따뜻한 감상평은 독서의 시간을 더욱 아름답게 할 것입니다.
앞으로도 더 좋은 책으로 만나뵙겠습니다.

괜찮아, 잘하고 있어

괜찮아, 잘하고 있어

초판 1쇄 발행 | 2020년 5월 20일

지은이 | 박인애
펴낸이 | 김지연
펴낸곳 | 생각의빛

주 소 | 경기도 파주시 한빛로 70 515-501
출판등록 | 2018년 8월 6일 제 406-2018-000094호

ISBN | 979-11-90082-53-2 (03810)

원고 투고 | sangkac@nate.com

* 값 13,200원

* 생각의빛은 삶의 감동을 이끌어내는 진솔한 책을 발간하고 있
습니다. 참신한 원고가 준비되셨다면 망설이지 마시고 연락주세
요.
이 도서의 국립중앙도서관 출판예정도서목록(CIP)은 서지정보유
통지원시스템 홈페이지(http://seoji.nl.go.kr)와 국가자료종합목
록 구축시스템(http://kolis-net.nl.go.kr)에서 이용하실 수 있습니
다. (CIP제어번호 : CIP2020017495)

괜찮아, 잘하고 있어

박인애

생각의빛

제1부
수영을 배울까?

진입장벽을 넘어라

제가 글을 쓰기 시작한 것은 20살 때부터입니다. 그리고 21살이 되어서는 다양한 원고를 출판사에 투고했어요.

그럼 내가 20살 때 맨 처음 쓴 글이 뭘까? 처음 펜을 잡게 한 출발선이 뭘까? 궁금해지더라고요. 그래서 저장된 파일의 날짜를 확인하고 찾아봤더니 여러 개의 글이 나오는데 그중에서 가장 먼저 시작했던 제 첫 글을 확인할 수 있었습니다.

저의 첫 글은 영화 대본이었어요. 그때는 영화에 대한 전문지식이 없다 보니까 대본을 쓸 때 다른 대본들을 보면서 참고했던 것 같아요. 영화에 나오는 카메라 용어들이나 하나의 장면이 만들어지기까지 들어가야 하는 단어들을 주먹구구식으로 공부했던 거로 기억합니다.

특히 저는 글을 쓰는 방법을 배운 게 아니었기 때문에 더 어려웠죠. 배우도 아닌데 대사를 달달 외우기도 하고 말이죠. 물론 지금 정확하게 어떤 대본을 빌려서 봤는지까지는 잘 기억이 안 나요. 하지만 그 당시 매우 많은 시간을 밤하늘의 달과 친구삼아 보냈다는 건 기억이 납니다. 그만큼 열정적이었다는 거죠. 그렇게 독학을 하면서 궁금한 게 너무 많은 거예요. "그래서 왜 여기에는 이런 장면이 항상 들어가지?" 와 같은 단순한 궁금증이죠.

영화를 보면 특정한 상황이 발생했을 때 관객들의 몰입을 위해서 배우들이 카메라에 나오는 위치가 정해는 경우가 있어요. 대부분 그렇죠. 얼굴 전체가 보이는 경우가 있는가 하면 어깨만 살짝 나와야 몰입의 정도가 높은 경우도 있어요. 모든 게 전부 일부러 연출한 장면이라는 거겠죠. 이런 것들에 정확한 해답이 없는 상태로 대본을 작성하다 보니 제 딴에는 궁금하며 답답하고 알고 싶었던 것들이 너무 많았어요. 풀고 싶은 문제였어요.

제가 그때 쓰던 영화 대본은 신라의 마지막 왕인 경순왕에 대한 사극이었어요. 시나리오를 쓰는 것도 처음인데 사실을 바탕으로 해야 하는 사극이라고 하니 자료를 조사할 것도 많았고, 이해해야 하는 부분도 참 많았습니다. 그때 당시 역사 공부를 얼마나 많이 했는지 몰라요. 지금 생각해 보면 제 머릿속에 엄청난 자산으로 남아 있어요.

당시에는 정말 무모한 도전이었습니다. 거기에 제가 중간쯤 대본을 썼을 때 주변 사람들은 저를 말리기 시작했어요. "전문적으로 영화에 대해 배운 것도 아니고 또한 왜 하필 경순왕이야?"하는 말을 너무 자주 들었어요. 제가 이러저러해서 영화 대본을 쓰고 있다고 열심히 설명해도 주변에서는 혀를 차면서 항상 "그만해." "시간 낭비야."라고 말했어요.

하지만 그런데도 저는 영화 대본에 마침표를 찍었습니다. 제가 마침표를 찍을 수 있었던 건 그 어려웠던 모든 과정을 우울한 안개로만 생각하지 않았기 때문입니다. 이 안개를 넘어가면 분명 해가 쨍쨍하게 있을 것이라는 희망이 있었기 때문에 밤을 새우는 일이 많고, 주변에서 젊음을 낭비하지 말라고 말렸어도 결국 마침표를 찍었죠.

프롤로그를 지나서 수영이라는 첫 주제를 앞에 두고 제가 왜 이런 사설을 붙이는지 궁금하실 거예요. 여러분이 하고 싶은 일에 항상 해가 쨍쨍하게 뜨고 내가 가는 길이 너무 또렷하게 잘 보이면 얼마나 좋아요. 하지만 때로는 짙은 안개가 낄 수도 있어요. 또는 그 안개가 생각보다 오래 지속될 수도 있습니다,

저는 경순왕 대본을 3년 동안 썼어요. 자료가 얼마 안 되는 실존 인물을 대상으로 한 내용이다 보니까 중간마다 원치 않는 멈춤이 있어서 다른 글을 쓰기도 했지만 포기는 없었죠. 3년을 썼다고 하니 참 긴 시간이죠. 그런데 안개는 언젠간 걷힐 수밖에 없어요. 그리고 너무 당연하게 안개가 사라진 자리에는 분명코 해가 쨍쨍하게 떠요. 그리고 가는 길목이 또렷하게 눈에 들어오기 시작합니다.

희망을 놓지 말고 나 자신을 믿고 주변 사람들 말에 절대 휘둘리지 말고 다시 일어나서 안개를 뚫고 가 보는 거예요. 별것 아닌 안개를 두려워하며 뒤돌아 버리거나 고개를 숙이지 마세요.

제가 응원하겠습니다.

제가 현재까지 꾸준히 하는 수영은 하나의 반으로 이루어져 있어요. 수

영을 알려주는 선생님이 한 분 계시고 배우는 학생들이 있는 형태입니다.

다 같이 배우는 학생들끼리 경쟁을 하는 것이 아니기 때문에 꼴등과 일등으로 구분 지을 수는 없어요. 하지만 확실한 건 저는 수영이 조금 더딘 학생에 속합니다. 인생을 길에 비유한다면 제가 느끼고 있는 수영은 경사가 조금 있고 아스팔트가 깔리지 않은 올라가기 힘든 길에 속해요. 그 정도로 제가 어렵게 느끼고 있어요.

그런데 왜 계속하는지 궁금하시죠? 제가 수영을 배우면서 여러 가지를 다시 생각해 보고 느꼈지만 가장 크게 느낀 건 수영은 물이라는 강한 압력을 주는 장벽을 단지 맨몸으로 너무 쉽게 뚫고 가는 힘이 있었습니다.

뉴스나 신문을 보면 진입장벽이라는 단어가 자주 등장해요. 하지만 어릴 때는 그게 어떠한 의미가 있는지 정확하게 모를 때가 많았어요. 그런데 성인이 되고 사회생활이라는 것을 하면서 내가 몸소 진입장벽을 느끼게 된 순간 "아……. 진입장벽이라는 건 제한이라는 의미를 담고 있구나."라는 걸 비로소 알게 되었죠.

살면서 사람들은 진입장벽이라는 단어를 얼마나 사용할까요? 해당 단어를 사용하는 경우는 생각보다 드물어요. 하지만 단어를 언급하지 않았을 뿐이지 우리는 다양한 곳에서 보이지 않는 장벽 앞에서 좌절합니다. 넘어지고 말아요. 그 좌절을 단번에 잊어버릴 수 있게 만드는 힘. 그냥 단지 물속을 헤엄쳐 앞으로 가는 것만으로도 강렬한 자유를 얻게 만드는 존재. 그 힘이 저에게는 수영이었습니다.

제가 이렇게 글을 쓰기 전에 주변 분들에게 "수영을 뭐라고 생각해?"라고 물어봤어요. 다양하고 신선한 대답들이 나왔지만 결국 그 대답을 모아서 한마디로 정의하면 수영은 '물속 운동'이라는 말이 됩니다.

그럼 저는 궁금한 게 많은 사람이기 때문에 의문이 생깁니다. 지상에서 하면 되는 운동을 왜 굳이 물속까지 들어가서 해야 하는 걸까? 우리는 아가미가 없는 땅 위에서 생활하는 동물에 속하는데 숨을 참아가면서 굳이 물속에 들어가 운동을 할 필요가 있을까? 단순한 의문이죠.

사실 이 궁금증에 대한 해답은 사람마다 달라요. 이럴 때 참 글을 쓴다는 것에 감사하고 좋아요. 다양한 사람의 답이 있겠지만 지금 이 순간에는 제가 생각한 답만 적을 수 있다는 작가의 특권이 있잖아요.

이러한 특권을 가지고 저의 답을 말씀드릴게요. 너무 자연스럽게 하던 지상에서의 호흡을 물속에 들어가게 되면서 물속 호흡으로 따로 연습해요. 인간이 살아가는 데 있어서 가장 중요하고 기초가 되는 호흡을 새로 배운다는 거죠.

그렇게 하면서까지 물속이라는 제한된 공간에 들어간다는 건 내가 누군가의 도움 없이 스스로 호흡을 하면서 그 강한 압력을 주는 물을 뚫고 지나갈 때 나에게는 엄청난 성취감으로 다가왔어요. 또한, 모든 진입장벽을 무너뜨릴 수 있다는 희망도 꿈틀거리게 됩니다. 할 수 있다는 의미가 생겨나고 나 자신을 믿고 신뢰할 수 있게 되죠.

"아, 결국 수영은 진입장벽을 무너뜨릴 수 있다는 희망을 주는 거구나."

그런 수영을 저만 알고 가면 욕심일 거예요. 수영을 배운 사람도 수영이 낯선 사람도 모두가 이해할 수 있게 적어볼게요. 오늘도 보이지 않는 진입장벽과 사투를 벌이신 모든 분들에게 고생했다고 말씀드리면서 다음 주제로 넘어가 보겠습니다.

모든 건 내가 어떻게 생각하느냐에 따라
절묘하게 운명이 된다

인생은 타이밍이라는 말이 있잖아요. 제가 빠른 년생이다 보니까 제 주변분들 중에는 30대가 되신 분들이 많아요. 29살과 30살은 크게 다를 게 없는데도 나이의 앞자리가 바뀐다는 것만으로도 제 주변 분들은 삶을 다 산 것 마냥 행동을 해요. 그러면서 자주 하는 말이 "20대에 그랬어야 했는데 그 타이밍을 놓쳐가지고……." 여러분은 이 말의 의미를 아실까요?

저는 그 말의 의미를 알아요. 그래서 그 의미를 아시는 분들에게 제가 고운 말을 선물해 드릴게요.

과거의 내가 어쨌고 어떤 선택을 했고 이런 말들을 하면서 현재의 내가 슬퍼하고 후회할 이유는 없어요. 그 선택에 있어서도 그때의 나는 굉장히 고민을 했을 것이며, 그 순간에는 최선의 해답을 분명히 찾았던 거예요.

과거의 시간 속에서 나 자신을 괴롭히고 힘들게 하지 말아요. 현재의 내가 가장 중요하고 지금의 현재가 내일이 될 밑거름이 될 텐데 현재 내가 후회와 슬픈 마음으로 하루를 보내면 내일의 나는 또다시 과거의 시간에 있는 나를 비관하고 있을 거예요. 과거는 그냥 과거에 남겨두고 우리는 앞을 향해 걷는 거예요. 여러분과 제가 현재를 충분히 즐기면서 살 수 있게 기도하겠습니다.

제가 수영을 배우게 된 계기가 있는데요. 무언가에 생각 없이 몰두해야 하는 시간이 필요했어요. 이십대 후반을 보내면서 그래도 사람과의 관계에 관해서는 나름 능숙하다고 자신하고 살았는데 나이가 쌓여도 사람에 대한 배신은 어쩔 수가 없는 건가 봅니다.

내 의지와는 상관없이 벌어지는 관계 속에서 나름 단단하다고 생각했던 제 멘탈이 휘청거리는 시기가 왔죠. 마음속으로는 모든 사람이 나와 같을 순 없고, 각자 사정이라는 게 있는 것일 텐데 하고 말하지만 한번 상처 받은 마음은 쉽게 치유가 되지 않아요.

그건 누구나 마찬가지일 거예요. 하지만 이런 상처를 계속 되새기고 마음에 품고 있으면 더 좋은 사람들이 주변에 있어도 그 사람들을 알아보기란 쉽지 않아요. 그래서 저는 마음에 있는 무거움을 덜어내야 하는 시간이 간절했죠. 쉽게 표현해서 머릿속에 끊임없이 차오르는 사람에 대한 나쁜 생각들을 비워야 하는 시간이 필요했어요.

하루는 24시간이에요. 그 24시간 중에서 잠을 자는 시간을 제외하면 가만히 누워 있다고 해도 무언가를 생각하는 시간이 대부분입니다.

아무 생각 없이 머릿속을 비우는 건 솔직히 쉽지가 않아요. 계속해서 이 생각, 저 생각이 머리에 맴돌죠. 하지만 그 생각들이 전부 긍정적이라고 할 수는 없어요. 부정적으로 다가오는 생각도 있기 때문에 고민이 쌓이게 되죠.

우리는 언제나 가장 쉬운 답을 알고 있지만 매번 복잡할 때가 많아요. 부정적으로 다가오는 생각들은 그 순간부터 답이 없는 경우가 많죠. 그저 쉼 없이 내 마음과 정신을 괴롭히는 것뿐이에요.

그냥 단순하게 그 생각을 버리면 되는데 말이죠. '그럼 버리는 게 쉬운가?' 라고 생각할 수 있어요. 그런데 버린다는 것의 의미는 생각보다 간단하고 쉬워요. 단지 좋은 생각을 해버리면 됩니다. 긍정적인 생각으로 머릿속을 다시 채우면 되는 거예요.

그게 어려울까요? 그럼 제가 조금의 도움을 드릴게요. 특정한 부정적인 생각에 빠져서 머리가 너무 아플 때 내가 잘하는 것 하나를 떠올리세요. 잘하는 게 없다고 한다면 곰곰이 생각해 볼게요. 정말 없을까요?

아니요. 사람은 누구나 잘하는 것이 있어요. 그중에서도 이렇게 사건 사고가 많고 고민이 많은 아픈 삶 속에서 아직도 꿋꿋하게 살아가고 있는 것만으로도 참 잘하고 있는 거예요.

정말 우린 참 멋진 사람들이네요. 그 생각으로 머릿속을 채워보세요. 결국 부정적인 생각은 절대로 긍정적인 생각을 이길 수가 없어요. 어차피 잠자는 시간을 제외하고 끊임없이 머릿속은 생각을 해야 한다면 이왕 생각할 것 긍정적이고 밝은 생각으로 채워 넣어보자는 거죠. 이유가 뭐가 있어요. 그래야 좋은 거니까요. 그래야 웃음이 나오죠.

내가 좋아하는 사람이 나를 안 좋아한다는 부정적인 생각을 하지 말고 내가 저 사람을 단지 먼저 좋아했을 뿐이야. 곧 저 사람도 나를 좋아해 주고 알아봐 줄 거야. 하는 긍정적인 생각으로 바꿔봐요.

언제인지는 모르지만 텔레비전에 심해 다큐멘터리가 나온 적이 있어요. 제가 그림을 그리는 취미를 가지고 있어서 만약 바다를 그린다고 하면 푸른색이나 청록색 등의 청량한 색들을 제일 먼저 떠올릴 것 같아요. 그런데 다큐멘터리로 본 바닷속은 빨간색도 나오고, 노란색도 있고, 흰색도 있었어요. 심지어 저건 무슨 색일까? 하는 오묘한 색들도 있었습니다.

생각보다 다양하고 처음 보는 색들을 물은 숨기고 있었어요. 엄밀하게 말하면 숨겼다가 보다는 제가 모르고 살았던 거쥬. 결국 내가 보는 세상은 물 위가 전부였던 거예요. 그게 제가 표현할 수 있는 모든 것들이었습니다.

그런데 내가 만약 물속을 알 수 있다면 어떨까? 물속에는 더 많은 것들이 존재할 텐데 내가 그것을 보지 못하고 살아가다가 어느 날 이만큼 세상의 이치를 알게 되었다고 말한다면 그건 판단 오류라고 할 수 있겠죠.

물이라는 것이 궁금해진 상태에서 개인적으로 몰두해야 하는 시간이 절실했고, 그 와중에 저는 수영 초급반을 모집한다는 말을 들었어요. 뭔가 참 절묘했어요. 하지만 이건 제가 겪은 상황을 그럴듯하게 보기 좋게 포장해서 만들어낸 하나의 효과입니다.

모든 건 내가 어떻게 생각하느냐에 따라서 절묘하게 운명이 될 수 있어요. 운명은 내가 스스로 만들어야 해요. 찾아오는 운명은 다시 제 갈 길을 갈 때가 많아요.

오늘도 나의 운명을 염려하고 미래를 걱정하는 분들에게 내일의 하루는 오늘과 같지 않아요. 내일 나의 운명은 남에 손에 두지 말고, 현실에 무너진 나를 향해 두지도 말고 바꿔보는 거예요. 당당하게 앞으로 가는 나를 상상하고 웃고 있는 나를 그리는 거예요. 그렇게 나의 운명을 다시 작성해 보는 겁니다. 최고가 되어 있게 말이죠.

물러설 곳이 없다면
차라리 당당하게

글을 쓰다 보면 상황을 조금 더 이해하기 쉽게 설명하기 위해 특정 브랜드나 나라가 등장할 때가 있어요. 그래서 주야장천 설명을 하고 보기 좋게 글을 옮겼는데 갑작스럽게 사건사고들이 뉴스에 막 뜨면서 글을 지워야 하는 경우가 생길 때가 있습니다. 글을 쓸 때는 몰랐지만 안 좋은 사건사고가 수면 위로 올라오면서 그 글은 부적절한 글이 되어버리기 때문에 지워야 하는 거죠.

처음에는 너무 당혹스러웠어요. 하루에 몇 시간씩 몇 달을 쓴 글을 클릭 몇 번으로 버려야 한다는 게 행동은 하고 있지만 납득이 잘 안 되는 거예요. 그동안 나는 과연 뭘 하고 있었던 건가? 하는 생각도 들고, 그냥 아무것도 하기 싫어졌어요.

다른 사람들이 볼 때 희망을 주고 힘이 나게 하는 글을 쓰는 작가도 똑같은 사람이기 때문에 우울할 때가 있다는 말을 하고 싶은 거죠.

사실 저는 이런 상황이 오면 그 누군가의 위로에도 힘이 나지 않아요. 좋아하는 곳에 가도 아무 느낌이 없어요. 맛있는 음식은 아예 생각도 나지 않고요. 그냥 입맛도 없고, "난 그동안 정말 뭘 한 거지?"하는 생각밖에 들지 않아요.

이미 지워진 글에 빈 공간을 하염없이 보면서 그 회사는 왜 나쁜 짓을 해가지고……. 하는 생각도 합니다. 이제는 그런 상황이 오면 그냥 넋 놓고 하늘을 보듯이 멍하게 있어요.

때로는 우울할 때, 그 누구의 도움도 필요하지 않을 때가 있어요. 그냥 단지 아무것도 하고 싶지 않을 때가 있습니다. 그런 시간이 오면 그냥 아무것도 안하는 게 정말 가장 속 편해요. 괜히 음식을 먹으면 체하기 십상이고요. 괜스레 위로받는다고 치고 사람들을 만나면 그 소중한 사람들에게 상처 주기 쉬운 상태일 뿐입니다. 사람은 협동하고 같이 더불어 살아갈 때 그 의미가 깊어지지만 때로는 혼자만의 시간도 필요해요.

저는 생각지도 못한 변수에 부딪혔어요. 수영을 배운다는 생각을 살면서 단 한 번도 해본 적이 없는 제가 수영을 한다고 등록을 하고 집에 와서 생각을 해보니, 수영복이 필요한 거예요.

그래서 호기롭게 인터넷에 실내 수영복을 검색했는데 일단 눈에 확 들어오는 마음에 드는 디자인은 하나도 없었어요. 꽉 쪼여서 몸 선이 전부 다 민망하게 드러나는 수영복들뿐이었어요. 그때 솔직히 '내가 왜 수영을 등록했지?' 생각이 들더라고요. 너무 마음에 안 드는 거예요. 이왕이면 선수가 아니니까 예쁜 수영복을 사서 예쁘게 수영을 하고 싶은데 보기 좋은 예쁜 수영은 고사하고 수영복을 입기가 너무 부담스럽더라고요.

하지만 지금 수영을 다니고 있어요. 이렇게 글을 쓰고 있는 것을 보면 어찌 되었건 수영복을 사서 입었다는 말이 되죠. 하나의 변수에 탁! 하고 부딪쳤다만 제 나름대로 잘 넘어간 거죠.

때로는 생각지도 못한 여러 변수에 당혹스러움을 감추지 못할 때가 많아요. 특히 시험 문제를 풀다가 낯선 문제를 맞닥뜨렸을 때나 또는 면접관이 생각지도 못한 질문을 던졌을 때 엄청난 변수라고 생각하고 당황스러워하죠.

누구나 그럴 거 같아요. 그런데 그럴 때는 그냥 풀고 싶은 대로 풀어버리고 대답하고 싶은 대로 대답해버리세요. 고민하면 뭐해요. 그만큼의 시험 시간이 단축되어 버리고요. 면접관의 질문에 땀을 줄줄 흘리면서 난감해하면 면접관은 그 모습을 기록하고 있을 거예요. 어차피 물러설 곳이 없다면 당당하게 그냥 하고 싶은 말을 하세요.

입사하지 못하면 그 회사가 나랑 안 맞았나 보다 생각하면 그만이죠. 다시 이력서를 작성하고 면접을 보면 됩니다. 그 과정이 여러 번 있다고 해도 괜찮아요.

면접에서 떨어졌다는 그것만으로 여러분을 전부 표현하지 못해요. 훌륭하고 누구보다 소중한 사람들이잖아요. 그걸 누구보다 나 스스로가 제일 잘 알아요. 그러니 기운 내고 다시 한번 이력서를 작성하고 또 넣어볼게요. 모든 걱정을 다 날려버릴 활짝 웃는 사진도 함께 붙여서 말이죠.

제2부
자유형

습관은 어느 순간 결과로 나타난다

여러분의 오늘은 어떤 날인가요? 저는 글을 쓸 때 써 놓은 글을 반복해서 읽으면서 쓰기 때문에 한 번 글을 쓰고 '오늘은 여기까지!' 하면서 그날의 마침표를 찍을 때쯤 말을 하기가 어려울 때가 많아요. 목소리는 나오지만 목이 많이 불편하고 아프죠. 그래서 수영을 하러 가면 말은 거의 안 하고 하하 웃다 올 때가 많아요. 누군가 말을 걸어도 가끔은 정확하게 답하지 못할 때도 있어요. 오늘도 역시 수영장에 가서 말보다는 웃음을 더 많이 짓고 왔어요.

제 측근분들은 제가 고개만 끄덕이고 말을 잘 안 하는 날이면 그전에 일을 많이 했구나 하고 다들 알고 이해해주시지만 그걸 모르시는 분들은 '저 사람은 낯을 많이 가리고 실없구나.' 하는 경우도 있어요. 그럴 때면 '나는 그런 사람이 아닌데.' 하는 생각도 들지만 결국엔 내가 그렇게 표현한 거죠. 부정할 수가 없는 그 모습도 나입니다.

상황이 단지 그렇게 흘러가서 나를 그런 사람으로 오인한 게 아니라 말을 잘 안하고 단지 웃음으로 그 순간을 넘기는 그 모습도 결국 내 본연의 모습이었어요. 나라는 사람은 단지 하나의 성격, 하나의 가치관으로 표현되기란 힘들어요.

가끔 나는 웃지 않을 때도 있고, 어떨 때 매우 말이 많을 때도 있어요. 기분이 좋을 때면 얼굴만 알고 있는 어색한 사람한테 아주 친절하게 인사를 건네기도 해요.

또한 그 반대가 될 수도 있죠. 사람은 자기의 감정을 어느 정도 숨길 줄 알아야 한다고 어른이 되면서 배우지만, 누군가에게 해를 끼치는 감정이 아니고서야 나의 다양한 감정을 표현할 수 있어야 해요. 어제는 좋았지만 내일은 싫을 수도 있는 것이 사람의 마음입니다.

언제나 한결같을 수가 없어요. 그 모습도 결국 나이기 때문에 나의 감정을 숨기지 말고 있는 그대로 표현하세요. 숨기는 그 순간부터 내 마음에 아픔이 생겨나요. 그런 나를 다른 사람들이 볼 때 '재는 왜 저래? 왜 기분이 오락가락해?' 라고 생각할 수도 있어요.

그런데 그게 당연한 것이 아닌가요? 기분이 어떻게 매일 좋고 매일 나빠요? 좋을 때도 있고 안 좋을 때도 있는 거죠. 내가 말을 많이 하면 목이 너무 아픈데 그것을 다 참아가면서 하나하나 전부 대답할 수 없어요. 그렇다고 오로지 나 하나만 생각하고 이기적으로 행동하는 건 아니에요. 나름의 방식으로 누군가에게 상처를 주지 않겠다는 선을 지켜가면서 미소를 짓고 말하는 상대방에 눈을 마주 보면서 짧은 대답을 하죠.

설마 이걸 이해하지 못할까요? 아니요. 사람은 누구나 이해의 정도라는 것이 있어요.

내가 내 감정을 솔직하게 표현했을 때 상대방이 나의 행동을 이해하지 못하면 어쩌지? 하고 고민한다면 걱정하지 마세요. 반대로 여러분이 이해해야 하는 상황이라면 여러분은 너무 자연스럽게 이해해주고 있을 거예요.

그럼 되는 거죠. 저는 앞서 말했듯이 오늘도 수영장에 가서 말보다는 미소를 한 번 더 짓고 사람들의 눈을 가만히 쳐다보면서 짧은 대화를 했지만 그 누구도 내게 뭐라고 하지 않아요. 그럼 나를 너무 자연스럽게 이해하고, 받아들이고 있는 거죠.

감정노동은 내가 안하려고 하면 되는 겁니다. 상대방을 의식하는 순간 나는 나도 모르게 내 감정을 혹사하게 됩니다. 그런데 그런 모습은 쉽게 말해 거짓이에요. 거짓말은 언젠간 들키는 거 다들 아시죠? 나의 감정노동은 언젠간 진실이 수면 위로 올라가요. 그러지 않기 위해서는 단지 그냥 솔직해지면 됩니다. 그럼 생각보다 마음에 여유가 생길 거예요.

처음에 수영을 가서 배운 건 물속에서 걷는 것이었습니다. 다리를 굽히지 않고 쭉 뻗은 상태로 높게 위로 올려 차는 거예요. 그렇게 한 라인을 몇 번을 걸으니까 다리도 엄청 아프고 이걸 언제까지 하나 생각도 들었어요.

그리고 이상하리만큼 시간이 더디게 가요. 꼭 듣기 싫은 수업을 들을 때처럼 시간이 안 가더라고요. 50분 수업을 하는데 이 정도면 20분 지났나?

하고 시계를 보면 10분이 겨우 지나 있는 경우가 허다해요. 그만큼 엄청나게 하기 싫었던 거죠. 딱히 발차기 말고 몸을 움직이는 것도 아니니 매우 지루해요. 그러니 머릿속에 여러 생각이 들어오기 딱 좋죠.

어떤 날은 이런저런 생각을 하다가 문득 '이거 딱 재활 치료받는 느낌인데?' 하는 생각이 들었어요. 그렇게 생각이 드니까 이걸 계속해야 하나 싶은 거예요. 이럴 때 참 스스로 교만해진 걸 느껴요. 수영을 배운지 얼마나 됐다고 다 배운 것 마냥 뭘 그렇게 지루해하고 재활 치료라는 생각을 할까요. 그런데 그런 상황에서도 희한하게 수영하러 꾸준히 갔어요.

한번 글을 쓰기 위해서 컴퓨터 앞에 앉으면 10시간 정도는 기본으로 앉아서 글을 쓸 때가 많아요. 한 번 써지기 시작하면 끊임없이 떠오르는 단어들을 까먹지 않기 위해서 쉴 새 없이 쓰는 거죠. 그러다 보면 밤을 새우는 일도 허다하고 새벽에 겨우 자는 일도 자주 있는데 그 몇 시간도 못 잔 상태로 수영을 계속 가는 거예요. 이상할 정도로요.

"왜 그랬을까요?"

저의 질문입니다. 일단 저 당시에는 '재밌어서.'가 답이 아니겠죠. 재밌어서라고 하는 분들은 정말 최고입니다. 제가 너무 추구하는 바였어요.

이 책은 그런 책이에요. 아무 생각 없이 눈에 보이니까 읽는 책입니다. '재밌어서는 당연히 아니지.' 라고 하신 분들은 조금 더 쉼을 가지고 편하게 책을 읽어주세요. 이건 수능에 나오는 독해 문제가 아니잖아요. 맞췄다고 해서 글을 잘 본 것도 아니고 못 맞췄다고 해서 글을 못 본 것도 아닙니다. 제가 그런데도 수영을 계속 간 이유는 그냥 몸이 움직이기 때문이었어요.

밤을 새워서 일했으니 이제는 좀 자볼까 하는 마음이 생겨 이불을 뒤적거리면서도 갑자기 수영복을 막 챙기는 거예요. 그리고 옷을 갈아입고 신발도 신어요. 그렇게 아무 생각 없이 수영장에 도착하고 씻으면서도 멍하게 있어요. 어떤 때는 씻다가 거울에 머리 살짝 대고 몇 초간 잔적도 있어요. 정말 이게 뭔가 싶죠.

그런데 이게 하나의 습관으로 자리매김하게 되니까 알람이 없어도 그 시간이 되면 알아서 몸이 움직여요. 이처럼 습관은 무섭고도 대단해요.

때로는 하고 싶은 것들이 있는데 그게 익숙하지 않을 때가 많아요. 피아노를 그럴듯하게 악보 없이 연주하고 싶다면 피아노를 연습하는 습관을 들이면 돼요. 아무런 행동도 없이 그냥 '피아노를 잘 쳤으면 좋겠어.' 하고 생각하는 건 욕심이죠.

습관은 어느 순간 결과로 나타나요. 문득 '그래서 나는 수영을 습관을 들여서 하고 있는데, 잘하고 있나?'라는 의문이 들었어요. 제 대답이 뭘까요?

저는 자세나 호흡이 나아지고 있어요. 확실히 그 전보다 더 안정된 수영을 하고 있습니다. 물론 아직도 많이 부족하지만 발전하고 있어요. 그래서 좋은 습관을 들이는 거예요. 그 습관이 어느 날 결과로 보일 테니까요.

욕하는 습관이 있다면 어떤 결과가 나올까요? 그건 상황에 따라서 다르겠지만 그리 긍정적이진 않을 것 같습니다. 이왕이면 자랑스럽고 아름다운 한글을 더 멋지게 좋은 단어로 사용하는 게 좋은 거잖아요.

남에게 상처 주지 않는 말, 긍정적인 단어를 자주 사용하는 습관을 들이면 그 모든 말들이 결국 돌고 돌아서 여러분에게 힘이 되어 줄 겁니다.

나 자신을 믿어요

수영은 물과 관련된 물속 운동입니다. 물속에서의 호흡을 배워야 해요. 예전에 의대에 가고 싶어서 잠깐 인체에 대한 공부를 한창 했을 때가 있었어요. 단백질 합성은 어디서 이루어지고, 아미노산을 어떤 거고 기질은 뭐고 '블라블라' 생소한 단어들을 달달 외워가면서 공부했던 적이 있어요.

그때 이런 생각이 들었어요. 인공 아가미를 만들어서 귀 뒤쪽에 삽입할 수 있다면 물에 빠져서 불상사를 당하는 사람은 없을지도 모른다는 생각이었죠.

물론 그 생각은 금방 그만뒀어요. 이리저리 생각해보면서 물고기의 아가미를 인공적으로 만들어내고 그것을 사람의 귀 옆 부분을 절개해서 인위적으로 부착한다면? 또 '블라블라' 제 머리로는 답 근처에도 못가더라고요. 생각하면 괜히 머리만 아픈 것 같아서 금방 그만두었죠.

결국 사람은 아가미가 없으니까 수영을 배우기 위해서는 물속에서 숨 쉬는 방법을 배워야만 해요. 물속 호흡이 뭐냐? 그건 '음파 호흡법'이라고 해요.

물속에서는 코로 숨을 내쉬는 것만 가능해요. 물 안에서 만약 숨을 들이마시면 공기가 아닌 물이 몸속으로 들어오기 때문에 호흡을 할 수가 없어요. 그래서 물 안에서는 호흡을 뱉는 것만 할 수 있어요. 그래서 물속에서 음~ 하듯이 입을 다물고 코로 호흡을 내쉬어요. 그리고 물 위로 올라오면서 파~ 하듯이 입을 열어 숨을 고르게 마시는 거예요. 이것이 물속 호흡 즉 음파 호흡법입니다. 그런데 제가 해보니까 딱 음! 파! 하는 소리는 아니었고요. "으~~음~~" 하고 "푸~~하!" 하면서 공기를 들이마시는 소리가 납니다. 이걸 능숙하게 해내는 것이 기초수영입니다.

처음 수영을 배울 때는 이것도 어려워요. 물이라는 공간은 내가 마음대로 숨을 쉴 수 없는 공간이다 보니까 두려움이라는 게 앞서는 거죠. 그리고 특히 초보 수영인 분들은 수면이 그리 높지 않아도 물에서 몸을 가누기가 힘들어요. 그런 곳에 얼굴을 다 넣고 처음 해 보는 호흡법을 연습하라고 하면 잘 못하기 때문에 코로 물을 들이마시는 경우도 많아요.

저를 포함해서 다들 물을 먹고 기침을 하죠. 그런 모습을 보면서 선생님은 "안 죽어요." 하시더라고요. 그 말을 듣고 "그래, 안 죽지." 하는 생각이 들면서 음파 호흡법이 바로 된다면 정말 대단한 거예요. 선생님이 끊임없이 괜찮다고 해도 그런 말 전혀 귀에 안 들어와요. 그만큼 물이라는 공간의 공포를 단기간에 이겨내기가 쉽지 않은 거죠.

하지만 그 과정을 무난하게 넘기고 전부 호흡을 잘 하세요. 저희 반에 물 속 호흡이 안 되는 분이 한 분도 없다는 거죠.

공포를 이겨낸 거죠. 그런데 그게 쉬운 일일까요? 어떤 것에 공포가 생기면 그게 무엇이든 간에 이겨내기란 쉽지 않습니다. 하지만 전부 이겼죠. 그리고 숨을 잘 쉬잖아요.

이겨낸 이유는 정말 간단해요. 결코 내가 못할 거라는 의심을 하지 않았던 거죠. 내가 이걸 못할 거라는 생각을 그 누구도 하지 않았기 때문입니다. "나는 물속 호흡을 당연히 할 거야." 라는 생각을 모두 하고 있었기 때문이에요.

지금은 어려서 휘청거려도, 물을 많이 먹고 기침을 한다고 해도, 언젠간 되겠지 꼭 될 거라는 마음이 모두에게 있었다는 거죠.

결국 모두가 스스로를 의심하지 않았어요. 내가 나 스스로를 믿어주는 것만큼 단단한 기둥이 있을까요? 지금 처한 상황이 어렵고 두려워도 그 상황이 내일은 변할 거야, 내일은 내가 숨을 크게 내쉴 거라는 나 자신에 대한 믿음이 중요해요.

원하는 대학에 가기 위해 노력하는 과정을 거칠 때 주변에서 응원의 목소리도 들리겠지만 어떨 때는 "네가 그 대학을 간다고?" 하는 의심의 말들이 들릴 수도 있어요. 그때 나라는 인물은 두 가지 선택이 가능하죠. '그래, 맞아. 내가 무슨 수로 저런 대학을 가겠어.' 하면서 포기하는 경우가 있고요.

반면 '왜? 나는 나를 믿어. 나는 꼭 갈 수 있어!' 하고 나 스스로를 믿어주는 경우가 있죠.

내가 나 자신을 믿는 것만큼.

나 자신을 포기하지 않고 의심하지 않는 만큼.

분명 부단한 노력을 기울이고 있을 겁니다.

결국 그 누구도 아닌 나 스스로가 나를 믿어주는 건 아주 큰 버팀목을 만들었다는 말이죠. 그런 버팀목은 절대 쉽게 넘어지지도 흔들리지도 않아요.

주변에서 뭐라고 말하든 신경 쓰지 말아요. 내가 이 길이 맞는다고 생각하면 맞는 거죠. 내가 나 스스로를 의심하지 않으면 됩니다. 내가 이 길을 가다가 빛을 볼 거라는 걸 확신하면 돼요. 인생의 정답은 없어요. 남들이 하는 말은 답이 될 수 없어요.

결국 내가 내 길을 만들어 가는 건데, 그 길에서 주변 사람들의 말에 휘둘려야 할 이유가 없습니다.

여러분의 가는 길을 항상 부정적으로만 보는 시선이 있다면 인생에서 제외시키세요. 그 사람들이 없어도 가던 길을 아주 잘 갈 수 있어요. 여러분은 언제나 멋지고 훌륭합니다.

어디를 가든 제가 응원할게요. 오늘도 웃고 자신을 믿어봐요.

기쁠 때 웃고 슬플 때 울자

오랜만에 서점에 들렀어요. 예전에는 그냥 서점 특유의 가라앉은 듯 한 고요한 침묵이 흐르는 분위기가 좋아서 자주 갔었는데 요즘은 그런 분위기가 없더라고요.

그런데 그만큼 책이라는 것이 사람들에게 더 친숙하게 다가가는 느낌이 들어서 기분은 좋아요. 굳이 서점을 왜 갔느냐 하면 책을 새로 하나 읽고 싶은데 딱히 읽고 싶은 책이 떠오르지 않아서 그냥 무작정 간 거예요.

서점을 이리저리 걸어 다니면서 책 제목을 보고 이렇게도 제목을 짓는 구나 생각도 해 보고 요즘은 이 책을 사람들이 많이 읽는구나 생각도 해봤어요. 그러다가 시집 두 권을 구매했어요. 그리고 현재까지 두 권을 전부 봤는데 너무 슬픈 시집을 골랐나. 그 시집을 읽을 때면 제 마음이 마치 바다가 쉴 새 없이 출렁거리듯이 슬픈 마음이 넘실넘실거리는 거예요. 책을 읽어서 뭔가 감정이 해소되고 기분이 좋았으면 좋겠는데 계속 너무 슬픈 거죠.

난 이별을 하지도 않았는데 그 시집을 읽는 도중에는 끊임없이 이별을 겪고 있는 거예요. 나는 나를 버리고 가는 사람을 만난 적이 없는데 마음이라는 감정이 이입이 돼서 누가 날 버린 것 같은 거죠. 시집을 읽는 날은 시집이 주는 여운에 빠져서 그날 하루가 싱숭생숭하게 지나갈 때가 많았어요.

시집이라면 너무 좋았지만 내가 느껴지는 감정들은 별로 썩 달가운 감정들은 아니었어요. 시집은 나의 얘기가 아니라 글쓴이가 만들어낸 얘기이거나 어쩌면 진실일 수 있죠. 결국 나와는 관계없는 얘기죠. 그런 데도 이토록 감정이 넘실거리는데 하물며 나를 평가하는 악플을 보면 감정이 요동치지 않을 수가 있을까요?

나라는 사람이 잘못되었다고 말하는 그 수많은 글을 보면서 마냥 웃어넘기기란 쉽지 않을 거예요. 내가 등장하지도 않는 드라마를 보면서 울기도 하고 웃기도 하잖아요. 그게 만들어진 연출이라는 것을 잘 알지만 그래서 드라마에 나오는 상황들이 다 허구라는 것을 알고 있지만 주인공이 아프고 슬픈 상황에 놓이면 우리는 그 마음을 느낄 수 있잖아요. 내 얘기가 아닌데도 말이죠.

그런데 악플은 나를 겨냥해 적어놓은 거잖아요. 다른 사람이 아닌 나. 내가 살아온 모든 방식이 잘못되었다는 말을 적어놓는 게 악플이에요. 차마 입에 담기 힘든 단어들을 써가면서 나라는 사람을 부정하는 것이 악플입니다. 그 누구도 모욕받을 수 없고 부정될 수 없어요. 필요 없는 존재라는 건 없어요.

모두가 필요하며 있어야 합니다. 존재 자체만으로도 온전하고 완벽한 게 사람이에요. 악플에 마음이 휘둘리는 사람들이 나약하다고 생각하세요? 그냥 그런 것쯤 웃어넘기면 된다고 여기나요?

악플을 그냥 웃어넘길 수 있는 사람은 단 한 사람도 없어요. 전부 얼마나 위태롭게 잘 참아내고 있는지 몰라요. 오늘 우리가 많은 장벽을 이겨내고 이렇게 잘 버틴 것처럼 그런 우리에게 스스로 참 잘했다고 말해주고 싶은 것처럼 그들에게 "잘하고 있는 거야." 라고 말해줍시다. 우리의 그런 말들이 쌓이면 원하지 않는 뉴스를 보고 고개를 숙여야 하는 일이 없어질 거예요.

물 위에 몸을 띄우기 위해서 가장 쉬운 원리는 그냥 단지 몸에 힘을 쫙 빼는 거예요. 그런데 저는 어느 정도 힘을 줘야 물에 떠져요. 힘을 준다는 게 막 인위적으로 강한 힘을 주는 건 아니고, 나의 자세가 흐트러지지 않는 정도의 힘을 주는 거예요. 아마 선생님들이 하는 힘을 빼라는 말은 자세가 흐트러지지 않는 선에서 힘을 빼라는 말일 거예요. 결국 모든 선생님들이 말이 조금 달라서 그렇지 같은 의미를 넣어서 말하는 거예요.

그런데 이게 조금 어려울 수도 있어요. 내가 지금 물 위에 떠 있는 그 자세를 유지하면서 힘을 빼고 있는 건 생각보다 어렵습니다. 힘을 빼고 서 있으라는 것과 비슷하죠. 다리에 힘이 있어야 서 있을 수 있어요.

하지만 이 역시도 하면 됩니다. 수영을 배운 분들은 오히려 물에 안 뜨는 게 힘들다고 해요. 물에 몸이 뜬다는 게 어느 날 몸에 익으면 오히려 가라앉는 게 더 어려워요. 제가 몸을 물에 띄우면서 알게 된 건 나 자신이 가장 중요하다는 사실이었습니다.

살다 보면 나와 다른 생각을 가진 사람들이 많습니다. 지금 당장 어떤 특정한 질문이 던져졌다면, 나와 같지 않게 대답할 사람들이 의외로 많을 거예요. 그런데 그 속에서 우리는 '어울림', '화합'이라는 단어를 이상하게 사용하면서 오로지 내가 생각하는 답은 버리고 남들이 생각하는 답을 말하는 경우가 많아요. 나의 감정은 어느 순간 잊어버리고 남들이 좋다고 하면 나도 좋은 것으로 말할 때가 많습니다. 앞서 말했듯이 물에 뜨기 위해서는 몸에 힘을 빼야 해요. 그렇지 않으면 물속에 가라앉고 맙니다.

우리의 마음도 물속이 아니라 물 위에 있어야 해요. 계속해서 속으로 내 감정을 넣어두고 표현하지 않으면 표현되지 않은 감정들이 무게를 얻어서 언젠가는 우울이라는 우물에 가라앉아요. 우물에 한 번 들어가면 나오기가 쉽지 않아요. 내 마음을 타인의 시선에 맞추며 절제하던 사람들은 진짜 내가 어떤 상황에서 기쁜 건지 어떤 상황에 직면했을 때 화가 나는지를 잘 구분하지 못하는 경우가 많아요. 너무 익숙해져 버린 타인의 시선에 의해 나라는 존재를 잊어버리게 만든 거죠. 그렇게 되지 않기 위해서 내가 기쁠 때 웃고, 내가 슬플 때 울어야 해요.

화가 나면 화를 내야죠. 재미있으면 재미있는 겁니다. 다른 사람들은 다 재미없다고 해요. 지루하다고 합니다. 그런데 나는 너무 재미있어요. 그럼 재미있는 거예요. 다른 사람은 이 영화가 너무 훌륭했다고 해요. 그런데 나라는 사람은 아무 생각도 안 들어요. 그럼 아무 생각도 안 드는 영화인 거죠. 남들이 다 웃는 개그 프로그램을 보면서 나는 안 웃을 수도 있어요. 다른 사람은 저런 생각인데 나는 이런 생각일 수도 있는 거죠. 전부 같은 생각일 수가 없어요.

마음껏 표현하세요. 싫은 감정, 좋은 감정 모든 게 여러분의 소중한 감정일 텐데 항상 좋은 감정만 있을 순 없고, 매번 타인의 시선에 맞춘 감정만 표현하면서 살 수가 없어요. 오늘 화가 나는 일이 있었는데 주변 시선에 의해서 웃으면서 넘어가야 할 상황이었다면, 그래서 웃으면서 그 상황을 넘겼다면 고생했어요. 정말 고생했어요.

그런데 다음부터는 화를 내봐요. 착한 사람이라고 해서 행복한 건 아니에요.

퇴사한다면 사람들이 붙잡는 사람으로

수영 수업을 하다 보면 중간 중간에 선생님이 "물속에서 한 바퀴 걸으세요."라고 말씀하세요. 고된 수업 중간에 한 번씩 쉬어가는 의미인 거겠죠. 그럼 책을 읽을 때도 한 번씩 쉬어가는 시간이 있으면 좋을 것 같아서 준비했어요.

바쁘게 달려온 오늘 천천히 쉬어볼게요.

예전에 회사에 다닐 때 커피 심부름을 한 적이 있어요. 저는 그것이 싫을 때도 있었고 그냥 '뭐, 커피를 탈 수 있지.'라고 생각할 때도 있었어요. 왜 이렇게 두 가지 생각이 들었냐 하면 한 경우는 제 상사분이시지만 저를 아랫사람으로 생각하지 않고 인간적으로 대해주면서 참 잘해줬던 분이 있었어요. 그분은 항상 손님이 오면 다른 직원을 시키지 않고 혼자 차를 타서 손님을 맞이합니다. 그런데 그날은 갑자기 온 손님에 모든 직원이 업무가 많았던 시간이었고 상사분도 굉장히 분주했던 상황이었어요. 그때 제게 조심스럽게 차를 타서 가져올 수 있는지에 여부를 물으셨어요. 저는 전혀 불쾌하지 않았어요. 오히려 내가 조금 덜 바쁜 것 같으니까 커피 정도는 탈 수 있을 것 같은데 생각했습니다.

하지만 이런 상황과는 다르게 손님이 오면 항상 "여자가 커피 타야지." 하는 다른 상사분도 계셨어요. 여러분, 제가 그 무례한 상사분에게 어떻게 했을 것 같아요? 제가 고분고분하게 커피를 탔을까요? 네, 타긴 했어요. 하지만 물의 양을 딱 좋게 맞춘다고는 하지 않았어요. 소위 커피를 탈 때 물이 많으면 한강이 됐다고 하잖아요. 저는 그렇게 탔어요. 종이컵 위에 물이 찰랑거리게 커피를 타고 가져다 드렸습니다.

그러니까 그다음부터 저를 안 시키더라고요. "너 뭐야? 커피 안 타봤어?" 라고 뼈있는 말을 하지만 그 순간만 속으로 '응, 나 커피 안 마셔.' 하고 답하면 돼요. 그럼 그날 하루 종일 욕을 먹겠지만 어쩌면 일주일 내내 욕을 들을 수도 있지만 잘한 거예요. 커피 타는 게 뭐가 어려워서 하기 싫겠어요. 단지 상대가 나를 표현하는 방법에서부터 이미 타기 싫어지는 건데 말이죠.

회사 생활을 그렇게 하다 보니까 처음에만 조금 눈엣가시 같은 느낌이지 내 할 일 알아서 잘하고 할 말 똑 부러지게 하면 아무도 건들지 못해요.

처음에는 재수 없는 애 같아 보여도 시간이 지나면 선이 확실한 일 잘하는 직원으로 칭찬받아요. 회사에서 애매하게 착하면 손해를 보더라고요. 그 손해 조금 보면 어떠냐 싶을 수도 있어요. 그런데 왜 그래야 해요? 손해를 보려고 회사를 다니는 건 아니잖아요.

　저는 그래서 소위 착한 것 안했어요. 그냥 일 잘하는 재수 없는 애를 하기로 했습니다. 그래서 제가 일은 참 잘했거든요. 제가 퇴사를 한다고 하니 다들 잡더라고요. 이게 진짜 멋있는 거 아니겠어요?

괜찮아요
잘하고 있어요

제가 사는 곳은 19년 11월 19일에 첫눈이 왔어요. 눈이 아주 조금 내려서 사진으로는 남길 수 없었지만 눈이 하늘에 내린다는 것만으로도 참 기분이 좋았어요. 운전을 하시는 분들은 싫었을 수도 있었을 거 같아요. 하얀 눈을 보면서도 상황에 따라서 이렇게 달라요. 그러니 다름을 인정해야죠. 너와 나의 다름.

자유형 발차기는 사실 조금 헷갈리는 게 손동작을 먼저 했는지 발을 먼저 했는지 오래돼서 기억이 잘 안 나요. 얼마나 기억을 더듬어서 글을 쓰는지 몰라요. 이렇게 수영을 주제로 두고 글을 쓸 줄 알았다면 어디에다가 배우는 과정을 좀 적었을 텐데 미처 알지 못했던 상황이기 때문에 제 기억의

조각들을 맞춰가면서 쓰고 있어요.

그런데 그게 뭐가 중요해요. 발을 먼저 배웠건 손을 먼저 배웠건 지금 제가 정말 수영을 알려드리고 있는 선생님이 아니기 때문에 그 순서가 조금 바뀐다고 해서 잘못될 건 없죠.

헷갈리면 헷갈리는 데로 그냥 적으면 됩니다. 크게 문제가 될 건 없어요. 참 편하게 글을 쓰는 것 같아 보이죠. 맞아요. 글을 쓸 때 주변에서 저를 보면 "배 안 고파? 안 자?" 하고 말해요. 그만큼 글을 한번 쓰면 오로지 몇 시간이고 글만 써요.

남들이 봤을 때는 밥도 안 먹고 잠도 안 자고 모든 걸 포기하고 글을 쓴다고 생각하겠지만 나는 그렇지 않아요. 모든 것을 안 해도 될 정도로 즐거운 것을 하고 있는 거예요. 그러니까 편한 걸 하고 있는 거죠. 제가 좋아하는 거니까 마음이 제일 편하고 즐거워요.

여러분들도 여러분이 가장 좋아하는 걸 하셨으면 합니다. 좋아하는 일이 때로는 수입이 일정하지 않고 어쩌면 인정받지 못 하는 일이라도 내가 인정하면 되잖아요. 좋아하는 것을 직업으로 삼아서 한다는 건 얼마나 좋은 건지 몰라요.

사람의 마음은 돈 주고 살 수 없어요. 우리의 행복한 마음도 돈 주고 살수가 없어요. 그런데 그중에서도 내가 하고 싶은 일을 할 때 느껴지는 행복은 더더욱 돈을 주고 살 수가 없어요. 그 행복을 가질 수 있는 방법은 하고 싶은 일을 하는 거예요. 정말 너무 쉽죠.

알아요. 그럼에도 잘 안 되죠. 수입을 생각하면서 꿈을 좇아갈 수는 없다는 것을 잘 알고 있어요. 나 혼자만 생활한다면 수입을 생각하지 않고 꿈을

쫓을 수 있어요. 하지만 누군가를 돌봐야 하는 경우라면 더 힘들겠죠.

괜찮아요. 그 마음 모르는 것은 아니에요. "나만 왜……."라는 질문을 스스로에게 던지지 말고 그렇게 열심히 사는 여러분을 쓰담쓰담 해주세요.

하고 싶은 게 뭔지 알지만 그걸 모른 척해야 할 때가 많죠. 그래서 제가 이런 글을 쓰는 거예요. 그 마음 모르는 사람들 없게 제가 널리널리 다 알려드리려고 글을 쓰는 거죠. 그럼에도 좌절하지 않고 열심히 사는 여러분들을 많은 사람들이 알아주길 원하기 때문입니다.

열정을 쏟아낸다는 것

몇 주 전에 한 외국 책을 봤어요. 슬픈 내용은 아니었는데 너무 저와 비슷한 상황이라서 공감이 가는 책이었습니다. 단지 공감대가 형성된다는 것만으로도 뭔가 울컥했어요. 그래서 오래오래 기억에 남을 것 같아요.

사람도 기억 속에 오래 머물 때가 있어요. 저 또한 그런 분이 한 분이 계신데요. 석 달 정도 알고 지낸 영어 선생님입니다.

사실 수업을 하는 동안 영어를 제대로 배운 적이 없어요. 영어를 워낙 잘한다는 소리를 듣고 제가 왕복 6시간이 넘는 거리를 일주일에 두 번씩 왔다 갔다 하면서 배우러 다녔지만 배우러 갔을 때마다 이상하게 영어보다는 그 사람에 대해 알고 싶다는 생각이 들었어요.

그분은 제게 영어를 알려주고 싶으셨을 거예요. 아무래도 멀리서 왔다

갔다고 했으니까 말이죠. 그런데 저는 그분과 대화를 통해서 영어보다 더 대단한 것을 배우고 있었던 것 같아요.

제가 살면서 존경하는 분은 딱 한 사람뿐이었어요. 그분은 나이가 들어서 허리가 굽어지는 것처럼 겸손하시고 언제나 올바른 분으로 알고 있기에 존경합니다. 어릴 때부터 여전히 변함이 없죠. 제가 초등학생이 되었을 때는 어른을 대하는 방법을 알려주시고 제가 중학생이 되었을 때는 아름다운 말을 전달하는 법을 알려주셨고 제가 고등학생이 되었을 때는 아름다운 글을 쓰는 법을 알려주신 감사한 분이죠.

그런데 영어 선생님을 알고 나면서 존경하는 분이 한 분 더 늘어났어요. 그분과 대화하면서 사람이 이토록 편견이 없고, 말을 하는데 있어서 깨끗하다는 감정이 들게 할 수 있을지 저는 매번 놀랬습니다. 그분은 눈으로 보는 모든 것을 존중하는 태도를 가졌어요. 똑같은 안부 인사를 건넬 때도 그분의 말은 남들과 많이 달랐습니다.

그분과 대화를 할 때면 그 누구와 대화할 때보다 차분하고 편안했어요. 오랜 시간 같이 있어도 감정의 기복이 생기지 않고 잔잔히 미소가 남는 분으로 기억해요.

지금 생각해 보면 제가 그분을 정말 많이 동경하고 있었던 것 같아요. 너무 좋은 분을 알게 되었고 그분과 같이 있으면서 사람을 보는 눈이 조금 더 어른이 된 것 같은 기분이 들어서 저는 그분과 함께 있으면 행복했습니다.

저는 그래서 그분처럼 누군가에게 오래 기억에 남는 좋은 사람으로 남고 싶다는 생각을 자주 해요. 모두에게 편견이 없고 올바른 사람으로 기억되고 싶죠. 저의 새해 소원입니다.

여러분의 새해 소원이 무엇인가요? 눈에 보이는 소원 말고 눈에 보이지 않고 잡히지 않아도 기분이 좋아지는 소원 같은 것 하나쯤 말해도 괜찮지 않을까요? 그럼 더 따뜻한 세상이 될 것 같아요.

여러분, 자유형에서 발차기는 몸에 힘을 빼고 하체에 힘을 주면서 허벅지를 사용해서 차야 해요. 그런데 발차기를 하다 보면 마음이 급해져서인지 허벅지는 그냥 그대로 두고 종아리만 사용해서 발차기를 할 때가 많아요. 그러면 제자리에서 머물러 있을뿐더러 몸이 물속으로 가라앉을 수도 있어요. 발차기는 오랜 시간 꾸준히 연습을 해야 한다고 할 정도로 중요한 부분에 속하지만 익숙해지지 않는 부분이라고 합니다.

저도 수영을 하다 보면 "아, 이 느낌이구나!" 할 때가 있는가 하면 어떤 때는 "어떻게 차는 거였지?" 할 때도 있어요. 한번 이 느낌이구나 생각이 들어서 그 느낌 그대로 계속 발차기가 되면 너무 좋을 텐데 그 느낌을 찾으려면 한 시간 이상을 연습해야 감이 올 때가 많아요.

그래서 대부분 주말에 자유 수영을 가서 3시간 정도 수영을 했을 때 비로소 부드러운 자유형을 하게 되죠. 그렇게 수영을 열심히 하는데 이 발차기가 아직도 몸에 바로 익지 않다 보니까 수영 수업을 할 때면 여전히 버벅거리고 그 감을 찾으려고 애쓰고 있어요. 하지만 50분 정도 하는 수업 시간에 그 감을 찾기란 저에겐 아직 큰 난관인가 봅니다.

매번 제대로 자유형을 못하고 있어요. 그게 속으로 답답하기도 하고 왜 익숙해지지 않을까 고민이 됩니다. 계속해서 자유형을 도와주시는 선생님에게 감사하기도 하면서 왠지 미안하기도 하고 또 한편으로는 도와주시면 자꾸 의지하고 싶어져서 안 도와주셔도 되는데 하는 마음이 들기도 해요. 50분 수업을 하는 데에 있어서 정말 많은 고민을 하고 생각을 한다는 거죠.

그렇지만 제가 포기를 하지 않고 꾸준히 하는 건 누군가의 도움이 없이 스스로 자유형을 단 한 번이라도 해냈을 때의 그 만족감이 너무 크기 때문이에요.

혼자만의 힘으로 스스로 해냈을 때의 성취감을 수영에서 느낄 줄 몰랐죠. 겨우겨우 숨을 토해내는 자세가 올바르지 않은 자유형이 아니라 완벽한 자세로 고르게 숨을 쉬었을 때 찾아오는 성공이라는 단어와 그 의미는 너무 좋아요.

하루 종일 머릿속에 그 모습이 사라지지 않을 정도로 기분이 최상이 돼요. 집에서는 평일에 서울로 일하러 가고 글을 쓰고 남는 시간을 쪼개서 수영을 가는 걸 완전히 이해하지 못해요. 거기에 주말에 쉬지 않고 또 가서 3시간 동안 수영을 하다 오니 더 의아하고 이해할 수 없는 부분이죠. 그런데 단 한 번이라도 괜찮으니 수업 시간이라도 자유 수영을 하는 동안이라도 나 스스로의 힘으로 자유형을 완벽하게 할 수 있다면 얼마나 벅찰까요?

더 나아가서 배영도 하고 평영도 하고 접영도 선생님의 도움 없이 스스로 50m를 완주할 수 있다면 상상만으로도 날아갈 것 같아요. 사람들은 물어요. 수영을 그렇게 열심히 하는데도 잘 못하면서 왜 계속 하느냐고요. 그런데 못한다고 해서 그만해야 하는 건 아니에요. 오히려 잘 못하기 때문에 한 번의 성공이 더 값지게 다가오는 거예요.

학교 다닐 때 보면 '수. 포. 자'라는 말을 많이 사용하잖아요. 그런데 원래부터 수학을 잘하는 학생이 고난도 수학 문제를 풀어서 맞히는 성취감하고 수학의 기본 원리도 잘 모르는 학생이 3점짜리 수학 문제를 찍지 않고 풀어서 완벽하게 맞추는 성취감은 전혀 달라요. 그러니 못한다고 포기하지 말고 언제나 최선을 다해서 그 성취감을 맛보는 거예요.

저는 날아갈 것 같다는 표현을 썼지만 다른 분은 또 다른 표현을 사용할 수도 있겠죠.

포기는 말이죠. 최선을 다했음에도 아니다 싶을 때 하는 겁니다.

아무것도 해보지도 않고, 나의 100%의 열정을 쏟아붓지도 않고 그만하고 멈춤 버튼을 누르는 건 포기가 아니라 나 자신을 그 정도로밖에 보지 않는 거예요.

저는 제가 수영을 못할 거라는 생각을 하지 않아요. 여러분도 지금 하는 일이 조금 더디지만 못할 거라는 생각을 하지 않잖아요. 그럼 열정을 전부 쏟아내세요.

쉼

요즘 밤에 잠을 잘 못 자는 분들이 많은 것 같아요. 흔히 불면증이라고 하지만, 그날 하루에 고민들이 너무 많아서 잠을 못자는 경우가 대부분이었어요. 고민이 생기면 해결하고 풀어내야 마음이 편해지고 잠을 편히 들 수 있어요.

하지만 하루 안에 고민을 풀어낼 시간은 턱없이 부족할 때가 많고 또한 고민의 해답이 없는 경우도 많아요.

저 역시 고민이 하나 생기면 잠을 잘 못자요. 특히 사람과의 관계에 대한 고민이 불쑥 찾아올 때는 이런저런 고민이 꼬리를 물고 끊임없이 생겨나죠. 그럴 때면 답이 보이지 않아 괴로워요. 잠을 못 자니까 피곤하기도 하고요.

그래서 제가 도움을 조금 드릴게요. 사람과의 관계에 고민이 생겨서 잠을 못자는 일이 생겼다고 가정해 볼게요. 좋아하는 사람을 예로 들어볼게요. 남녀노소 불문하고 좋아하는 마음은 불쑥 찾아오고 그에 대한 답은 언제나 찾을 수 없기 때문입니다.

누군가를 좋아할 때 그 사람의 마음이 궁금하죠. 나의 행동이 그 사람에게 어떤 영향을 미쳤을까에 대한 의문이 들기도 하고 그 사람의 행동이 나와 어떤 연관이 있을까 생각하게 됩니다.

그럼 그 생각은 꼬리에 꼬리를 물고 점점 부풀어져요. 결국 잠을 제대로 잘 수가 없죠. 그럴 때는 그냥 눈에 본 것만 생각해 보세요. 상상하고 추측하면서 '그 사람이 이렇게 내게 말한 건 나를 이렇게 생각해서일 거야,' 라고 생각하지 말고, 그건 단지 내 추측일 뿐이니까 오로지 그 사람이 말한 것들만 생각하는 거예요.

상대방의 말 한마디에 여러 가지 의미를 넣어서 괴로워하거나 너무 들떠서 잠을 설치지 말고, 오로지 상대방이 말한 그 단어들만 생각하는 거죠.

예를 들어볼게요. 내가 좋아하는 사람이 나에게 인사를 먼저 했어요. 그럼 여러 생각들이 겹쳐요. 왜 먼저 인사를 했을까에서부터 시작되는 막연한 추측들이 떠오르죠. 그런데 그러지 말고 그냥 '단지 인사를 했을 뿐이야.'에서 멈추는 거예요.

그게 내가 본 전부이기 때문이죠. 추측과 상상은 결국 나만 피곤해져요. 푹 자야 내일 개운하게 좋아하는 사람을 마주하죠. 그래야 더 잘 보이지 않을까요? 모두 사랑받고 사랑하세요.

좋아하는 것을 하세요

맨 처음 수영을 하러 갔을 때 물속에서 준비 운동을 했어요.

익숙한 옛날 노래도 흘러나오고 그 노래에 맞춰서 다 같이 체조를 해요. 처음에는 모르는 체조를 하니까 따라 하느라 급급했어요. 알려주지 않고 그냥 추더라고요. 이제는 노래만 나와도 어떤 부분에서 어떤 동작인지 너무 잘 알지만 당시에는 대혼란 상태였죠.

신기한 점이 있었어요. 다 큰 성인 분들이 일렬로 줄을 맞춰서 같은 체조를 하는데 한결같이 다들 무표정이었어요. 원래 춤과 노래는 기분을 들뜨게 만들어주는 효과가 있잖아요. 가만히 있어도 미소가 저절로 나오게 하고요.

그런데 전부 표정 없이 체조를 하는 거예요. 이렇게 즐거운 리듬의 노래에 들썩들썩 춤을 추는데 왜 전부 심각해 보일까? 처음에는 하기 싫은 건가 생각했죠.

그런데 그 속을 가만히 들여다보면 지혜가 있더라고요.

굉장히 바쁜 사람들이 50분이라는 시간을 내서 수영을 배우러 오는데 그 시간 동안 얼마나 목표 의식이 뚜렷한지가 보이는 거죠. 50분에서 4분 정도 준비운동을 먼저 하고 수영을 본격적으로 배워요. 그런데 그 준비운동을 그렇게 진지하게 임한다는 건 수영을 배우러 오는 자세 또한 진지하다는 의미가 되겠죠. 그만큼 열정이 있는 겁니다.

좋아하고 하고 싶은 것을 할 때는 그 준비 기간이 길어도 할 수가 있어요. 지루하다고 생각되지 않아요. 준비 기간에 어떤 과정을 견뎌내야 한다고 해도 견뎌집니다. 긍정적인 결과를 생각하고 하기 때문에 진지하게 몰입할 수 있습니다.

하지만 그 반대는 어떨까요? 억지로 하는 모든 것에는 준비 기간이 지루하고 재미가 없을 수밖에 없습니다. 사업을 해도, 공부를 해도, 누군가를 만나야 할 때도 항상 준비 기간이 있어야 하는데 원하지 않을 때 억지로 해야만 할 때는 준비 기간마저 짜증이 나고 하고 싶지 않아져요.

하기 싫은 일을 할 때 특히나 준비 기간은 더 불필요하다고 느껴집니다. 그래서 하고 싶은 걸 하는 거예요. 준비를 하는 과정 또한 즐겁기 위해서는 결국 하고 싶은 걸 하는 것밖에 없어요. 나중에 결과를 보면 더 즐겁고 행복하겠죠.

인생은 뭐니 뭐니 해도 즐거운 게 짱이에요. 다른 게 뭐 있을까요? 재미있어야 내일 또 살고 싶고 숨을 틔우죠.

그러려면 그냥 내가 하고 싶은 거 하는 거예요. 텔레비전을 보면 화려하게 피어싱을 하고 염색을 하고 문신도 하는 사람들을 자주 볼 수 있어요. 예전에는 그런 사람들에 대한 인식이 딱히 좋지 않았지만 지금은 또 다르죠. 하나의 개성으로 볼 뿐이죠. 그런 사람들은 내가 하고 싶은 것을 하면서 사는 사람들이죠.

물론 아직도 안 좋은 편견을 가지고 보는 시선들이 존재하지만 그분들이 느끼는 자유는 그런 시선을 가지고 보는 사람들이 결코 느낄 수 없는 자유입니다.

그럼 된 거죠. 그게 행복이죠.

나의 자유. 내가 느끼는 최고의 행복.

그분들은 성공한 거 아닐까요? 저는 멋지다고 생각해요.

열정의 밑거름

여러분이 어디서 이 책을 보시는지 알 수 있다면 그곳으로 따뜻한 유자차 한 잔 보내고 싶어요.

저는 한번 글을 쓰기 시작하면 굉장히 오랜 시간 앉아 있어요. 지금 12시간이 넘게 의자에 앉아 있는데 두 시간 후면 수영장에 갈 시간이에요. 그런데 아직 글의 마무리가 안 된 것 같으니 오늘은 어쩌면 못 갈 것 같아요. 수영을 너무 좋아하고 가고 싶지만 글을 쓰는 도중에 멈추는 건 못하겠더라고요.

자유형을 할 때는 팔 돌리기를 해요. 상급반에서는 팔을 꺾어서 돌리는 방법을 새로 배운다고 해요. 하지만 전 제가 배운 팔 돌리기만 설명할게요.

쉽게 말하면 팔로 풍차 돌리기를 하는 거예요. 팔을 번갈아 가면서 돌리는데 만약 왼쪽 팔을 돌린다고 하면 왼쪽의 팔이 물 위에 있다가 물 아래로 물을 잡아당기면서 허벅지를 스쳐서 지나가요. (팔이 물을 잡아당기면서 명치 가까이 오다가 옆으로 빠질 때도 있어요. 이런 자세는 어깨의 무리를 덜 주는 자세입니다.) 그러면서 뒤쪽으로 팔을 들어 올리죠. 그리고 다시 머리가 있는 앞으로 왼쪽 팔을 내려 주면 자유형의 팔 돌리기는 끝입니다. 아까 왼팔이 물을 잡아당기는 순간에 물 위에 떠 있는 오른쪽 팔의 어깨 부분을 앞으로 쭉 밀어준다고 생각하면 조금 더 수월할 거예요.

처음에 저는 팔이 안 돌아갔어요. 물속에 팔을 넣어서 돌리려고 하는데 물에 탁하고 걸려서 팔이 멈췄어요. 그러니 물속에 바로 꼬르륵 하고 가라 앉을 수밖에 없죠.

다른 사람들을 보면 물속에서도 팔을 잘만 돌리는데 왜 나는 물이 이렇게 무거울까? 왜 계속 팔이 물에 걸려서 멈추게 될까? 결국 이 질문에 답을 얻기 위해서는 계속 물속에서 팔을 돌려보는 것밖에는 없더라고요.

그래서 한 번씩 걸을 때마다 물속에 팔을 넣고 계속 휘저었어요. 조금이라도 물의 압력에 팔이 익숙해질 수 있도록 계속 휘저었죠. 그러니까 어느 날은 팔이 빠진 것처럼 아프더라고요. 팔을 물속에서 돌리는데 어깨가 찌릿하고 전기가 통하듯이 팔을 못쓰겠는 거예요. 그 순간 너무 깜짝 놀라서 벌떡 일어서서 수영장 천장을 가만히 바라봤어요. 찌릿한 어깨를 잡고 말이죠.

한번 어깨가 아픔을 느끼기 시작하니까 팔을 돌리는 게 겁이 나는 거예요. 그래서 더 소극적으로 팔을 돌리고 그전보다 더 압력을 못 이겨내고 있게 되는 거죠.

정말 슬펐죠. 팔이 아파서 슬픈 게 아니에요. 겁이 생겨서 물이 무서워서 생긴 슬픔이었어요. 한번 무서움이 생기면 그것을 극복해내기가 어렵다는 것을 잘 알기 때문에 그 사실이 너무 슬퍼진 거죠.

그래서 극복하고 싶었어요. 팔을 물속에서 돌리는 것이 전부가 아니라 물이 무서워졌다는 것을 이겨내야겠다는 생각이 들었죠.

지금까지 단 한 번도 자유 수영을 가지 않았는데 처음으로 자유 수영을 가야겠다고 마음먹었던 것도 이 때문이에요. 지금껏 자유 수영을 갈 생각을 안했던 것은 집과 수영장의 거리 때문이었어요. 차로는 20분 거리에 대중교통으로는 1시간이 넘게 걸리는 거리에요. 그 거리를 젖은 수영복을 들고 왔다 갔다 할 생각은 아예 하기도 않았죠.

그런데 해야겠더라고요. 만약 자유 수영을 하지 않는다면 나는 물속에서 팔 한번 돌려보지 못하고 수영을 그만할 수밖에 없겠더라고요. 그러려고 수영을 배우는 게 아니었기 때문에 시간이 오래 걸려도 무거운 짐을 들고 다녀야 해도 가는 거죠.

어떠세요. 저는 굉장히 노력하고 있어요. 물론 아직도 자유형을 제대로 하지 못해요. 여전히 자유 수영을 3시간 정도 해야 감이 잡히고 할 수 있어요. 이럴 때는 참 애석한 것 같죠. 몸이 수영을 잘 받아들이지 않는 것 같기도 하고요.

맞아요. 남들보다 더디다고 생각할 수도 있어요. 그런데 그렇기 때문에 더 노력하는 거예요. "그만할 거야. 난 안 되나 봐." 하고 포기하는 게 아니라 더 노력하고 버텨내는 거죠. 쉽게 수영을 익히는 분들은 절대 모르죠.

제가 어떤 노력을 하고 있는지 알 길이 없죠. 아무도 몰라줘도 가끔 누가 왜 그렇게까지 하냐고 물어봐도 상관없어요.

지금의 이런 노력이 나중에 가서 누구보다 멋진 수영을 하게 되고 또 다른 무언가를 할 때 밑거름이 될 수 있잖아요. 한번 노력을 해봤던 경험이 있기 때문에 또다시 열정을 쏟아부어야 할 때 남들보다 더 견뎌낼 힘이 많이 있겠죠.

그럼 그것만으로도 저는 만족해요.

걸어볼게요

저의 첫 자유 수영을 얘기해 보려고 해요.

수영 강습을 혼자 다닌 게 아니기 때문에 자유 수영을 갈 때도 혼자 가지 않으려고 했어요. 혼자서 수영장을 가본 적이 없으니까요. 그런데 어떻게 하다 보니 혼자 가게 되었고 많이 당혹스러웠죠. 수영 수업을 할 때는 선생님이 시키는 대로만 하면 그만인데 자유 수영은 내가 어떤 라인에 들어가서 어떻게 시작을 하면 되지? 하는 궁금증이 생기더라고요.

일단 자유 수영이라는 문구가 있긴 하지만 아무데나 들어가도 되는 거야? 하는 생각도 들고 말이죠. 거기에 더 당혹스러웠던 건 수영장에 도착해서 보니까 전부 상상을 넘어서는 수영 실력을 갖추고 있는 분들이 자유 수영을 하고 있는 거예요. 속도도 너무 빠를뿐더러 수영을 잘 모르는 제가 봐도 너무 자세가 아름다운 거죠. 그래서 한동안 수영장 뒤편에 있는 유아 풀에 앉아서 곰곰이 생각을 했어요.

"그냥 집에 가야하나. 이렇게 잘하는 사람들 사이에서 내가 껴서 해도 되는 건가? 내가 여기서 팔 돌리기만 하면 너무 이상한가?"

그렇게 유아 풀에 앉아서 답이 없는 고민을 하다가 '에라, 모르겠다!' 물 속에 들어갔어요. 막상 들어가니 고민은 더 배가 되어서 가슴을 직격으로 치긴 했지만 일단 물에 풍덩 하고 들어온 것만으로도 도전이 시작된 거죠.

물 안에 들어가니까 물 밖에서 보던 사람들의 속도가 더 빠르게 보였어요. 그 속에서 가만히 서 있으면서 얼마나 소름이 끼치고 무서웠는지 몰라요. 그 틈에 내가 중간에 껴서 수영을 한다는 건 거의 불가능에 가깝죠. 왜냐하면 당시에 저는 자유형으로 단 한 호흡도 가지지 못했으니까 말이죠.

저는 고개를 들지도 못하고 사람들이 수영을 하다가 잠깐의 쉬는 타임을 가지기 위해서 멈춰 서 있는 시간을 가만히 기다렸어요. 물론 저에게 있어서는 아주 짧은 시간이었지만 그 시간이 아니면 물속에 몸을 완전히 넣을 수가 없었죠. 대략 1분 정도 되는 시간이 온전히 생겼고, 그 시간 안에 저는 팔 돌리기를 연습했어야 했어요.

물속에 들어가서 몸을 띄우고 팔을 돌리는 연습을 하죠. 하지만 중간에 멈춰버린 팔 때문에 꼬르륵하고 몸이 가라앉고 말아요. 또 사람들이 수영을 하고 잠깐의 쉬는 타임을 가질 때까지 기다렸다가 다시 물속에 들어가서 팔을 돌리는 연습을 해요. 그리고 또다시 꼬르륵 가라앉고요. 성인 걸음으로 다섯 걸음도 못가서 다시 제자리로 돌아오고 또 돌아오고를 한 시간 정도 반복을 했어요. 그러다 보니 갑자기 눈물이 났어요.

물을 너무 먹어서 머리는 너무 아픈데 노력하는 것에 비해서 뭔가 되질 않고 조금도 나아질 기미가 보이질 않으니까 굉장히 마음이 슬프고 답답해졌어요. 그래서 뒤돌아서 몇 분 정도 훌쩍된 것 같아요. 그러고 나서 다시 몸을 돌려 수영하는 사람들을 보는데 이런 생각이 들었어요.

"저렇게 하기까지 저 사람들은 얼마나 연습을 한 걸까?"

그렇게 생각하면서 보니까 대단하더라고요. 내가 뭘 그렇게 많이 노력했다고 안 된다고 훌쩍거리고 있나 생각이 들었어요. 그러면서 가만히 수영하는 분들을 계속 보고 있는데 어떤 분이 저한테 와서 수영을 알려주겠다고 하는 거예요. 그러면서 저에게

"몸에 힘을 풀어."

"팔을 떨어지지 않게 꼿꼿이 세워."

"다리에 너무 신경을 쓰지 마."

"호흡을 천천히 해."

등등 수영을 알려주시는데 너무 감사했어요.

그런데 더 신기한 건 그렇게 혼자 전전긍긍하다가 결국 뒤돌아서 있던 저를 그 수영장 내에 있었던 많은 분들이 보고 계셨단 거죠.

자유 수영을 할 때 안전을 위해서인지 선생님 한 분이 의자에 앉아 계세요. 그런데 아주 잠시 자리를 비운 사이에 많은 사람들은 저에게 도움의 손길을 보내왔어요. 아무래도 선생님이 자리에 있었을 때는 저한테 오기가 조금은 부담스러우셨나 봐요.

그렇게 선생님이 안 계실 때 많은 분들에게 수영을 배우게 됐는데 어느 순간 한쪽에 라인이 싹 비워지는 거예요. 한 분씩 자리를 이동하시더라고 그러더니 제가 그 라인을 마음껏 사용할 수 있도록 저를 그쪽으로 옮겨주

셨어요. 서로 말을 맞춘 건 아니고 그냥 수영 잘 못하는 애 연습하게 해주자 하는 그런 마음이었던 것 같아요. 그곳에서 많은 분들에게 1:1 강의를 받았는데 굉장히 감사하고 감동받았어요. 그렇게 저는 난생처음 보는 분들에게 30분 정도 수영을 배웠어요.

참 기적 같은 일이죠. 뒤돌아서 훌쩍거리고 있을 때 저는 '이건 정말 아닌가? 수영은 진짜 아닌가 보네. 집에 가자.' 라는 생각도 했죠. 그리고 다시 앞을 보면서 아주 잠깐의 시간동안 조용히 수영을 하는 그분들을 보면서 "그래, 저렇게 잘하려고 얼마나 연습을 했겠어." 하고 생각한 게 전부입니다.

그런데 그런 저를 처음 보는 분들이 누가 시킨 것도 아닐 텐데 또한 그분들도 역시 바쁜 시간을 쪼개서 수영을 오셨을 텐데 즐겁게 하던 수영을 전부 멈추고 저에게 알려준다고 다가오시니 저한테 있어서는 평생 기억에 남는 일로 남았습니다.

그리고 이제는 자유 수영을 주말마다 가는데 갈 때마다 실력이 아주 미세하게 늘어나는 걸 느꼈어요. 주변에서도 아시나 봐요. 수영을 하다 중간중간에 항상 오셔서 "저번보다 늘었네." 하고 말씀해주세요. 그리고 아직도 자유 수영을 가면 언제나처럼 오셔서 한 말씀씩 해주시고 도와주시고 가세요.

안 된다고 생각될 때 한 번 더 머물러 보세요.

나는 그 누구도 도와주지 않을 거야 생각이 들 때 한 번 더 버텨보는 거예요. 그럼 그런 나를 보는 누군가에게 나는 또 다른 의미가 될 수 있고, 그렇게 버틴 나 역시 노력의 결과를 얻을 수 있어요.

저처럼요.

말이라는 용기

자유형을 거쳐서 배영으로 접어들게 되니까 엄청 부담스러워졌어요. 기억이 잘 안 나는 것도 있지만 새로운 주제에 접어들면서 어떻게 내가 느낀 바를 잘 전달해야 할까를 고민하는 시간이 온 거죠. 다들 아실 테지만 저는 언어를 너무 좋아하는 사람이에요. 특이 언어 중에서도 아름다운 단어들에 애정을 가지고 있고 그 단어들이 자주 사용되길 바라죠.

초등학교 6학년 때 한 남학생이 전학을 왔어요. 한눈에 보기에도 6학년보다는 저학년이라고 생각이 될 정도로 많이 왜소한 학생이었어요. 그 학생은 제 짝꿍이 되었고요. 일주일 정도 책을 같이 보면서 서로 이런저런 대화를 했어요. 아마도 매우 많은 대화를 했을 거예요. 그런데 너무 오래돼서 기억나는 건 별로 없고 유독 한 가지가 생각이 나요.

워낙에 작고 왜소한 체격이었던 그 친구, 전학을 온 첫날에는 얼마나 어색하겠어요. 그러다 보니까 첫날부터 괴롭힘을 당하기 시작했어요. 그러다 그 친구는 어느 날 불현듯 이건 아니다 싶었나 봐요.

그 아이는 짝꿍이 되어 나름 가장 친해졌던 저에게 "잘 봐. 내가 쟤네들을 밟아버릴게." 라고 했던 생각이 어렴풋이 나요.

그때는 단순하게 싸운다는 건 줄 알았어요. 그래서 선생님한테 말해야 하나 하면서 고민을 했죠. 그런데 제 생각과는 다르게 그 친구는 쉬는 시간에 자신을 괴롭히러 온 아이들에게 몸으로 싸우려고 든 게 아니라 "나도 엄마 아빠가 있는 소중한 사람이야! 괴롭히지 마!" 라고 억박지르기 시작했어요. 반 전체가 쩌렁쩌렁 울리게 말이죠.

저를 포함한 모든 학생들이 당황했고요. 선생님도 오셨어요. 그 뒤는 선생님이 전부 교무실로 데려가서 무슨 대화를 했는지는 잘 모르지만 확실한 건 그 전학생은 그다음 날부터 괴롭힘을 당하지 않았습니다.

"에이~ 겨우 그런 걸로?" 라고 생각하실 수 있어요.

그런데 만약에라도 그 아이가 저렇게 행동했을 때 괴롭힘이 멈추지 않았다고 해도 그 아이의 용기는 대단한 거예요. 박수를 받아야 하는 행동이죠.

모든 사람들의 생각이 다르기 때문에 누군가는 다름을 인정하기 아직 어려워서 여러분을 괴롭힐 수도 있어요. 너무 잘못된 행동이죠. 그런 순간이 찾아온다면 주눅 들고 당하고만 있지 마세요. 작고 왜소한 전학생의 마음에 자리 잡은 그 큰 용기처럼 우리들도 누군가 나쁜 의도로 괴롭힐 때 용기를 낼 수 있습니다.

지금의 나와 내일의 나

어느 날 수영장을 갔는데 선생님이 오늘은 배영을 배운다고 하시는 거예요. 아직 자유형도 제대로 안되는데 말이죠. 큰일 났다고 생각했어요. 배영은 자유형을 거꾸로 한다고 생각하고 상상하면 이해가 돼요.

자유형은 얼굴이 물속에 있고 등이 수영장 천장을 향해 있지만 반대로 배영은 뒤통수가 물속에 있고 가슴과 배가 수영장 천장을 향하게 됩니다. 완전 뒤집힌 상황인 거죠. 간단하게 말하자면 자유형은 물속을 볼 수 있지만 배영은 볼 수 없는 거예요.

저는 이게 무서웠어요. 물이 무서운 분들은 대부분 배영을 금방 배운다고 해요. 왜냐하면 공포가 느껴지는 물을 보지 않기 때문이라고 하는데요. 그런데 오히려 저는 반대로 공포의 대상을 확인할 수 없어서인지 더 두려워지는 거죠.

처음 배영을 배울 때는 물에 뒤로 누워서 뜨는 것부터 배워요. 발을 수영장 바닥에 올리고 버틴 상태로 물 위에 그냥 누워버리는 거죠. 그런데 그것마저도 쉽지 않아요. 눕자마자 몸이 물속에 가라앉을 것 같은 막연한 두려움이 엄습해 오기 때문인데요. 그래서 정말 많이 머뭇거렸어요. 힘을 빼고 그냥 뒤로 누우면 된다고 하시는 선생님의 말에 고개를 절레절레 흔들면서 수영장 바닥을 있는 힘껏 잡고 있었죠.

거기에 옆에 같이 수영을 하시는 분은 이미 물 위에 떠 있지만 끊임없이 물이 얼굴을 덮었다 물이 사라졌다를 반복하니까 굉장히 괴로워하는 표정을 짓고 계신 거예요. 그 표정을 보니 더 무서워졌어요. 그렇게 시간이 어느 정도 지나니까 저도 사람인지라 꽉 잡고 있던 손이 아프기 시작하고 구부정하게 경직된 몸이 불편하기 시작하더라고요.

거기에 선생님은 끊임없이 괜찮다고 뒤에서 말씀하시는데 현재의 내 자세가 너무 불편해서 힘을 쭉 빼고 뒤로 누었죠. 물에 떠보겠다는 생각이 아니라 힘에 부쳐서 나도 모르게 손을 놔버린 거예요. 그렇게 힘을 쫙 빼고 물에 누우니까 몸이 둥둥 뜨더라고요.

둥실둥실 물에 떠서 수영장 천장을 바라보는데 편했어요. 굉장히 여유롭고 좋았어요. 하겠다는 생각이 아니라 단지 힘이 딸려서 놔버렸더니 그냥 된 거죠. SNS를 하다가 어떤 글이 있길래 봤어요. 짤막짤막한 글을 페이지 넘겨가면서 읽었는데 너무 맞는 말이었어요.

그 글에는 좋아하는 사람이 있다면 이리저리 계산하고 재지 말고 밀당 없이 열정을 다 부어서 사랑하라는 말이 적혀 있었어요. 그렇게 사랑을 줬는데 잘 받지 못하는 사람이라면 과감하게 인생에서 제외하라고 적혀 있었죠. 많은 사람들이 이 말에 공감을 하겠지만 이 두 가지는 말처럼 쉽지 않은 부분이에요.

내가 가지고 있는 열정을 다 쏟아 사랑하는 마음을 전부 표현하면서 사랑하는 건 처음에는 가능할 수도 있어요. 그런데 시간이 점차 지나면 생각이라는 걸 하게 되죠.

내가 이만큼 사랑을 표현했는데 상대방은 나의 표현에는 못 미치는 것 같다는 생각이 듭니다. 그러면 나의 마음을 전부 표현하지 못해요. 왠지 나혼자 좋아하는 마음이 있는 것 같고, 내가 더 많이 애정을 두고 있는 것 같다는 생각이 들어서 불안해지기 때문인데요, 결과적으로 그런 생각을 하고 있으면 결국 이별의 문을 찾고 있는 상태인 거죠.

그런데 이런 경우도 있어요. 내가 온전히 내 열정을 가득 담아서 사랑을 주지만 상대방이 그것을 잘 받지 않는 경우도 있습니다. 내가 주는 사랑을 지극히 당연하게 받아들이고 감사할 줄 모르는 경우인 거죠. 그럴 때면 이별을 선택하는 게 맞아요.

나를 소중하게 대하지 않는 사람하고는 같이 있을 이유가 없죠. 하지만 그럼에도 같이 있으려고 하는 사람들도 있어요. 그만큼 이별의 아픔 보다는 연애에서 찾아오는 쓸쓸함이 더 괜찮다고 생각하는 거죠. 헤어짐 보다는 혼자 외롭고 말지 하는 겁니다.

위에 글은 누구나 너무 잘 아는 말이에요. 저도 공감을 하고 너무 멋진 말이죠. 하지만 잘 안 되는 게 마음이더라고요. 나를 다 표현해야 하지만 그러지 못할 때가 많고, 놓아줘야 하지만 여전히 마음에 머무르는 경우도 있어요. 그럴 때면 나 자신이 가장 소중해. 라고 생각을 하면 모든 게 해결될 것 같지만 그마저도 어려울 때가 많아요. 위에 말에 칼같이 마음을 딱 정리할 수 있는 사람은 흔치 않을 거라는 생각을 해봤어요.

하지만 그렇다고 아예 못하는 것은 아니라고 할 수 있어요. 지금은 안 되는 게 맞아요. 마음이라는 게 내 뜻대로 내 의지로 된다면 누군가를 좋아하고 싫어하고를 얼마나 자연스럽게 할 수 있겠어요. 또한 슬퍼할 일도 없고 고민할 일도 없겠죠. 그런데 그 마음은 계속 변해요. 시간이라는 것 앞에서 마음은 쉬지 않고 성장해 가요.

지금은 어려워도 내일은 달라질 수 있어요. 또 내일은 어려울 지라도 일주일 후면 마음이 변할 수 있어요.

지금의 우리는 너무 소중해요. 바꿀 수 있는 대상들이 없죠. 하지만 그럼에도 마음은 내 뜻대로 되지 않아요. 괜찮아요. 시간이 지나면 되는 날이 찾아와요. 그때가 되어서 과거의 나를 왜 소중하게 대하지 않았나. 후회하는 날이 찾아온다면 그날만 딱 후회하고 더 이상 과거를 떠올리지 마세요.

후회를 해야 하는 과거를 너무 자주 떠올리는 건 좋은 게 아니에요. 후회할 그 순간에 더 큰 사랑을 하고 있어야죠. 언제나 과거보다는 지금 내가 가장 중요한 거니까요.

자존감을 높이는 건 아주 쉬워요

속담 하나를 풀이해 드릴까 해요. 책을 오래 봤으니까 잠시 머리 식히는 시간이 되는 거예요. 속담 중에는 '열 길 물속은 알아도 한 길 사람 속은 모른다' 는 말이 있어요. 여기서 열 길 물속은 어떻게 아는 걸까요? 가끔 속담을 들으면 확인하고 싶을 때가 있어요. 그중에서도 열 길 물속을 어떻게 사람들은 알았을까 에 대한 해답을 제가 드려볼게요.

물속이 얼마나 깊은지에 대한 여부가 궁금한 시기가 있었어요. 1950년대 이후에 해양 탐사가 본격적으로 진행되던 시기에 여러 가지 자료들이 수집되고 많은 과학적인 사실들이 드러날 때쯤이었는데요.

인간은 궁금한 거죠. 바다라는 물속의 깊이가 어느 정도일까? 또는 전부 같은 깊이일까? 하는 의문이 생겨난 거예요. 물론 이 궁금함의 시작은 대륙이동설을 증명하기 위해서 시작이 되었어요. 아주 오래전에 대륙은 하나로 이루어져 있었지만 여러 가지 환경의 변화로 인해서 나누어졌다는 말인데요. 말이 조금 어려우시면 그냥 넘어가도 됩니다.

그래서 음파 즉, 소리죠. 음파로 바닷속의 깊이를 알아보자 했던 거예요. 쉽게 말하면 소리를 물속에 전달을 해요. 그리고 물속에 들어간 소리가 바닥을 치고 돌아오는 시간을 측정하는 거예요. 그 시간이 길면 깊은 물속, 그 시간이 짧으면 상대적으로 덜 깊은 물속이 되는 겁니다. 이걸 음향 측심법이라고 하죠.

이걸로 우리는 바닷속의 지형도 알 수 있고요. 수심도 알 수 있어요. 결국 열 길 물속을 알 수 있다는 말은 맞는 말이죠. 또한 알 수 있는 방법은 이것 말도로 더 다양하겠죠.

가끔 속담을 풀고 싶을 때가 있어요. 그럼 여러 자료를 검색하고 확인하면서 속담을 풀어내요. 그러다 보면 "아!" 하고 외마디 감탄사가 나오죠. 속담을 풀어본다고 해서 칭찬을 받는 건 없어요. 하지만 이런 행동 하나쯤 가지고 있음으로써 자존감이 높아지는 거죠.

성공이라는 단어는 억만장자나 유명한 정치인에게 쓰는 특별한 단어가 아니에요. 제가 속담 하나를 풀이했을 때 성공이라는 말을 사용해도 무방한 거예요. 이러한 저의 성공들이 쌓이고 쌓이면 결국 제 자존감은 높아지게 돼요.

노래를 부르는 것을 좋아하는 사람에게 한 곡을 완창했을 때 '성공'이라는 단어 사용할 수 있고요. 아이가 걷기 시작할 때 수없이 넘어지다 제 스스로 몸을 가누고 앞으로 몇 발자국 걸었을 때 역시 '성공'을 사용할 수 있어요.

성공이라는 단어는 언제든지 사용 가능해요. 그리고 그 사용의 빈도가 많아지면 많아질수록 나의 자존감은 성장하게 됩니다.

배영 발차기

누워서 물에 뜨는 것이 되고 나서 수영에 자신감을 조금 얻었어요. 생각보다 물에 너무 잘 뜨더라고요. 처음에만 두려웠지 막상 힘이 빠져서 누우니까 어렵지 않았어요. 초반에는 자유형 보다 편하다 생각했습니다.

그런데 본격적으로 배영 발차기를 배우기 시작하면서 보이지 않는 장벽에 다시 갇혀 버렸죠. 발을 움직이면 물에서 갑자기 중력이 나를 잡아당기는 것처럼 발끝부터 종아리를 타고 허벅지 그리고 엉덩이까지 천천히 물 아래로 향해요. 아주 천천히 물에서 두 발로 서 있게 되는 거죠. 물에서 서려고 선 것도 아니고 단지 발차기만 몇 번 했는데 수영장 물에 혼자 우뚝 서 있는 거예요. 서 있는 저도 황당해요. 아무리 힘을 빼고 발로 차도 하체가 가라앉는 걸 막을 수가 없어요.

이건 엄청난 장벽이라는 생각이 들어요. 그래도 배영을 잘하고 싶다는 마음에 물에 누워서 발로 계속 물을 찼어요. 그런데 어느 날은 허벅지가 아프면서 물에 가라앉는 느낌이 안 들었어요.

"음, 왜일까?"

자유형 발차기를 할 때 종아리만 사용하는 게 아니라 허벅지까지 사용해서 차야 하는 거라고 글을 적었어요. 기억 안 나도 괜찮아요. 제가 또 적으면 되니까 넘겨서 다시 안 봐도 돼요.

배영 역시 종아리만 사용하는 게 아니라 허벅지까지 사용해서 물을 차야 하는 거였어요. 그런데 저는 계속 종아리만 사용하는 수영을 하고 있었던 거예요. 그러니 우연찮게 허벅지까지 사용하는 날이 오니 허벅지가 아프죠.

어떤 문제점이 있는지 이제는 확실히 알아요. 하지만 알아도 막상 쉽게 되진 않더라고요.

그래서 여전히 부단히 노력을 하고 있어요. 그런데 중요한 건 내가 어떤 문제점이 있는지 알았다는 거죠. 내가 왜 안 되는지를 정확히 알고 있다는 게 이글의 핵심입니다. 이제 알았으니 고치면 되는 거예요. 바로는 어렵지만 노력하면 고쳐져요. 완벽한 자세로 수영을 할 수 있는 날이 와요.

하지만 나의 문제점을 모르고 있는 상태라면 현실을 탓하기만 하겠죠. 그건 아무런 도움이 되지 않아요.

저는 20대 초반에 사업을 시작했어요. 그래서 돈도 많이 투자했고 시간도 정말 많이 쏟았죠. 쓴맛을 경험하기도 했고요. 지금은 하나의 경험으로 자리매김해서 실패했다는 단어를 쓰고 싶지 않지만 당시에는 실패한 사업으로 말했어요.

그때 제가 왜 실패할 수밖에 없었는지에 대한 문제점을 알았다면 좋았을 거예요. 물론 그때는 모르고 지금은 너무 잘 알죠. 당시엔 현실을 탓할 뿐이죠. 하지만 지금 아니에요.

그때는 어떤 문제가 있었는지 전혀 알 길이 없었지만 지금의 나는 정확히 알기 때문에 똑같은 사업을 시작한다고 하면 자신이 있어요.

이러면 되는 거예요. 과거의 실패를 경험 삼아서 새로운 도전에 두려움을 없애면 되는 거예요. 과거의 나는 몰랐지만 지금의 나는 잘 알잖아요.

그럼 그걸로 과거의 내가 한 사업은 성공이에요. 남들이 모르는 걸 알아냈으니까요. 이걸 말이죠. 긍정적인 생각 즉 좋은 마인드라고 하는 거죠. 새로운 사업을 시작하는 분들에게 모가 되던 도가 되던 무조건 성공이라는 걸 알았으면 좋겠어요. 시작을 했다는 것만으로도 이미 성공입니다.

마음을 담아서

'언어를 좋아하면 어떻게 좋아할까?'

'언어를 좋아한다는 게 과연 무슨 말일까?'

사랑하는 마음이 생기면 그 사람을 떠올리면서 수없이 빛나는 아름다운 말들을 생각할 수 있어요. 그 말들이 얼마나 아름다워요.

그 언어들을 좋아하죠. 그런 말들을 자주 사용하고 있고요. 때로는 "어떻게 그런 말을 아무렇지 않게 해?" 라고 들을 때도 있어요.

"왜 매일 나만 보면 칭찬해?" 라고 물을 때도 있어요.

그런데 그런 말을 하지 않고 바라보기에는 너무 소중한 사람들이잖아요.

나의 가치를 높이는 행동

안녕하세요. 새벽까지 글을 쓰다가 언제 잠이 들었나 침대에서 눈이 떠졌어요. 그리고 누워 있는 상태로 벽시계를 봤는데 8시 50분이네요.

제가 다니는 수영장의 시간이 10시 20분에 수업을 시작하기 때문에 적어도 집에서는 9시 20분에 출발을 해야 해요. 완전 늦게 일어난 건 아니지만 8시 50분에 눈이 떠져서 깜짝 놀랐어요.

일어나자마자 수영복을 찾고 있는데 머리에 "오늘 토요일이지." 하고 쓱 스치는 거예요. 바로 핸드폰을 열어서 날짜를 확인하고 그대로 바닥에 앉아서 웃었어요. 참 저도 정신없이 살고 있네요.

책에는 항상 여유를 즐기라고 적고 있고, 용기를 내라고 적고 있으면서 정작 글을 쓰는 작가는 매번 용기를 내고 있는지 여유를 느끼면서 살아가고 있는지 의문이 들었어요.

제가 글을 쓰면서 저도 희망을 얻어요. 저도 글을 쓰고 또 반복해서 읽으면서 용기를 내요. 내가 쓴 글을 다른 사람이 읽었을 때 희망을 얻는 것도 바라는 바지만 저 역시 희망을 얻어서 다시 걸을 힘을 내는 것도 바라는 바입니다.

사람이 하는 고민은 결국 비슷비슷해요. 그래서 공감이 가는 거고 그래서 조금 더 생각해 보면 이해도 가능한 거죠.

배영 발차기를 배운지 일주일이 되지 않은 시점에서 팔 돌리기를 배우게 되었어요. 발차기도 잘 안 되는 상태에서 팔 돌리기를 배운다고 하니 조금 진도가 빠른 것이 아닌가 생각이 들었는데 막상 다른 선생님들 수업 진도를 보니 그렇게 빠른 것도 아니었어요.

제가 이제부터 여러분의 상상력을 건들일 거예요.

배영 팔 돌리기를 글로 설명할건데 이해하기 쉬우려면 머릿속에 그림을 그리듯이 상상해야 해요. 이제 팔을 돌리는 주인공이 나 자신이라는 상상을 하면서 설명을 이어갈게요.

배영 팔 돌리기는 팔을 꺾지 않아요. 꺾지 않은 상태로 쭉 위로 올려서 귀까지 팔을 가져갑니다. 쭉 위로 올릴 때 측면이 아닌 앞으로 올리는 거예요. 그 상태에서 허벅지에 닿을 수 있도록 옆으로 내려줍니다. 쉽게 말하면 반만 풍차돌리기를 하는 거와 같아요. 그런데 여기서 조금의 디테일을 넣어볼게요.

팔을 쭉 들어 올리고 허벅지에 닿을 수 있게 내릴 때 들고 있는 손의 몸통을 물 쪽으로 조금 움직일게요. 사선으로 살짝 휘어주는 거죠. 몸이 살짝 대각선이 될 수 있도록 말이죠. 그리고 팔은 조금 더 부드럽게 물 밑으로 쓱 밀어줍니다. 이 동작을 로봇처럼 꺾어서 한다고 생각하지 말고 부드럽게 양팔을 번갈아 가면서 돌려준다고 생각하면 어떤 그림이 그려지는지 아실 거예요.

부드럽게 동작을 이어가려고 하다 보면 꺾으려고 하지 않았던 팔은 자연스러운 형태가 돼요. 말로 이렇게 보고 따라 해보면 크게 어려울 게 없어요. 그런데 물 안에 들어가면 어려워져요.

왜냐하면 팔을 돌리면서 허벅지에 닿을 수 있게 팔을 내린다는 건 물속으로 팍 넣어서 돌린다는 말과 같아요. 그럼 물에 저항을 내가 이겨내야 한다는 말과도 같은 말이죠. 거기에 왼쪽 팔을 돌리면 몸이 쓰윽— 밀려서 오른쪽을 향해 가요.

참 재미있죠. 역시 오른쪽 팔을 돌리면 몸이 쓱— 하고 밀려서 왼쪽을 향해 갑니다. 그걸 방지하기 위해서 몸통을 사선으로 살짝 움직여 주는 거예요. 그게 어려운 과정인 거죠. 막상 하면 쉽지가 않아요. 그런데 사람의 몸은 전부 다르고 받아드리는 속도로 다르기 때문에 한 번에 팔 돌리기가 되는 사람들도 있어요.

더딘 사람이 있는 가하면 바로 되는 사람도 있다는 말이죠. 수영을 하는데 조금 더디면 어때요. 당장 내일 시합을 나가야 하는 것도 아니고 정말 취미로 즐기는 건데 남들보다 조금 느리다고 큰일 나요? 다른 사람 1년 동안 수영하면서 실력이 늘 때 나는 3년을 해야 한다면 그냥 그러려니 하면 되는 거예요. 다른 것도 마찬가지죠.

새로운 무언가에 도전할 때 나는 계속해서 제자리 걸음인 것 같고, 잘 모르겠는데 옆 사람은 너무 쉽게 해내는 거죠. 그런 상황 자주 맞닥뜨려요. 그럼 대부분 저 사람은 적성을 찾았어. 라는 말과 함께 나는 아닌가봐 하는 말이 나오게 되죠. 즉, 단념하죠. 그 사람은 그 사람일 뿐입니다. 나는 역시 나일 뿐이고요.

나는 그냥 내 선에서 최선을 다하면 돼요. 다른 사람 의식하지 말아요. 그럼 반짝거리는 결과가 분명 가는 길목에 나타납니다.

노래를 굉장히 잘하고 싶어 하는 지인이 있었어요. 그래서 연습을 꾸준히 하는 분이셨는데 연습할 때마다 입버릇처럼 "나는 목소리 자체가 별로야", "나는 타고나기를 저음이잖아.", "나는 안될 것 같아." 라고 하세요. 연습은 하고 있지만 그분은 자신을 전혀 믿지 않았어요.

고음을 몇 번 연습하다가도 '나는 저음이야.' 라며 멈추죠. 그런데 항상 만날 때마다 노래 연습을 해요. 저는 그 모습을 보면서 진짜 열정을 쏟아서 하는 행동이 아니라고 생각을 해요. 그러는 척 하고 있는 거죠. 진짜 연습은 눈앞에 걸림돌이 보이면 뒤돌아버리는 게 아니라 넘어가기 위해 고군분투하는 걸 의미해요. 나 자신을 믿고 최선을 다해보는 게 연습이죠. 그래서 저는 그분이 몇 년을 노래 연습을 해도 조금도 늘지 않았던 이유를 알아요. 하지만 아직도 그분은 잘 모르고 있죠. 다만 매일 같이 "나는 안 돼." 라고 자신과 환경을 탓할 뿐이죠.

여러분은 그러지 마세요. "나는 안돼."라는 말은 이제 그만 지워버리고 "나는 할 수 있어!"라는 말로 정정해볼게요.

수정테이프로 [안돼] 라는 말을 쓱쓱 지워버려요. 수정테이프가 없으면

볼펜으로 막 그어버리면 되죠. 그리고 다시 쓰는 거죠. "나는 자신이 있어! 할 수 있어!" 라고 말이죠.

저도 자신이 있어요. 조금 더디겠지만 배영을 능숙하게 잘 할 자신이 있습니다. 저는 저를 믿고 있고요. 다른 사람들의 속도에 나를 맞추지 않아요. 저에게는 저만의 속도가 있는 것이고, 나만의 습득 시간이 필요한 거죠. 말로만 노력하지 않고 부단하게 최선을 다해서 노력할 거예요.

부정적인 생각은 버리고 긍정적인 생각으로 머릿속을 가득 채울 겁니다. 조금씩 실력이 올라가면서 배영의 자세가 온전해지는 것을 나 스스로 알아채고 나 자신을 응원해 줄 거예요. 기특하다고 칭찬할 거예요.

그러다가 부드럽고 완전한 배영을 하게 되는 날이 오면 제가 그날 생각한 제일 맛있는 음식을 먹을 거예요. 삶이란 이런 작은 소망들이 모여서 더 윤택해지는 거죠.

제가 20대를 거의 다 보내면서 큰 소망을 꿈꾸고 바라는 것보다 이런 작고 소중한 소망들을 여러 개 꿈꾸고 이뤄나가면서 나 자신을 기특해하고 [최고야] 라고 느끼는 게 나의 가치를 높이는 일이었어요.

웃을 때 예뻐요

글을 쓰다 보면 중간에 멈추기란 어려워요. 한번 떠오르는 단어들과 문장들을 바로바로 적어내지 않으면 그날 밤에 편하게 잠에 들지 못해요.

때로는 길을 가다가 연인들을 보게 되면 사랑스럽고 달달한 문구들이 떠오를 때가 있어요. 저만 알고 있기는 너무 마음이 따뜻해지는 단어들이죠. 그런 단어들이 떠오르면 바로바로 핸드폰에 적어요.

그런데 하필 핸드폰에 배터리가 없을 때는 계속 그 문구를 입으로 중얼중얼 거리면서 안 까먹기 위해 노력해요. 저는 이게 그냥 그런 건 줄 알았어요. 별다른 의미를 넣지 않았어요. 그런데 주변에서 이걸 '직업병'이라고 표현하더라고요.

일하러 가면 낯선 분들과 대화를 할 때가 종종 있어요. 대부분 그분들은 하나의 직업을 오래 삼고 가시는 분들인데요. 그분들과 대화 도중에 "아! 이게 직업병이여가지고……. 미안해요." 이런 말을 제게 할 때가 있어요. 저는 별생각이 없었지만 그분들은 자신의 행동이 혹시 저한테 실례가 되지 않을까 해서 하는 말일 거예요. 그런데 직업병이라는 건 내가 그 분야에서 그만큼 최선을 다해서 살았다는 말이 아닐까 해요. 누군가에게 미안해해야 하는 것이 아니라 나 스스로 그만큼 자부심을 가져도 되는 게 직업병이 아닐까 합니다.

모든 직업병을 가지신 분들에게 그 분야에서 누구보다 최선을 다하느라 정말 고생하셨습니다. 그러고 보니까 제가 예전에 읽은 책 속에 '작가' 라는 직업이 나와요, 그리고 작가의 삶이 표현이 되어 나옵니다,

책 속에서는 작가는 여러 삶을 살고 있다고 표현을 해요. 작가가 정말 살고 있는 현실의 삶과 작가가 글을 쓰고 있는 허구의 삶을 살고 있다고 말을 하죠. 그러면서 작가는 살인자가 될 때도 있고 여자가 될 때도 있고 선생님이나 노인이 될 때도 있다고 해요.

작가는 글이 떠오를 때 바로바로 옮겨 적는 버릇을 가지고 있다고 하고, 모든 사물을 글과 연결시켜 보는 능력이 있다고 말합니다. 곰곰이 생각해 보면 책속에 나오는 작가와 제가 다를 게 없는 거예요. 뭔가 나를 알아준 것 같은 느낌이 들었어요. 제가 어떻게 일을 하는지 가족도 잘 몰라요.

제가 밤을 새면서 글을 쓰는 건 알지만 마음속으로 어떤 마음을 가지고 있는지 표현하지 않기 때문에 알 수가 없죠.

여러분 이게 공감이라는 거잖아요. 이 책은 말이죠. 교훈을 주는 책이 될 수가 없어요. 앞서 프롤로그에 말했듯이 저는 교훈을 드릴 수 없는 사람이

에요. 정말 평범한 사람이 쓰는 글에 어떻게 교훈이 담기겠어요. 단지 제가 할 수 있는 한 많은 분들에게 희망을 선물하고 싶을 뿐이에요. 그 희망을 싹틔울 수 있는 것이 '공감'입니다.

여러분이 어떤 점으로 힘들어하는지 무엇 때문에 괴로워하는지 전부 적을 수는 없지만 저 알아요. 그 마음 누구보다 잘 알죠. 왜냐면 나 역시 그 부분에서 힘들어했던 시간이 있었고 어쩌면 아직도 인간관계가 어려운 사람이고, 여러분하고 같은 곳에서 고민을 하는 사람이기 때문에 이 책을 읽는 분들의 마음을 알 수가 있어요.

어떤 부분에서 위로를 얻고 싶어 하는지 알고 있죠. 왜냐면 그 부분에서 저도 위로를 얻으니까요. 그래서 제가 쓰는 글은 사설이 많고 질문이 많은 거예요.

소통을 하기 위해 만들어지는 책이기 때문이죠.

그래서 여러분은 오늘 얼마나 웃으셨어요?

그 값진 미소를 멈추신 건 아니죠? 웃을 때 예뻐요.

의지하다

배영에 접어들게 되면서 선생님에게 배우는 것에는 한계가 있다는 것을 알게 되었어요. 1:1로 수업을 하는 거면 상관없지만 많은 학생들을 한 분이서 알려주는 수업의 형태에서 제가 그 수업을 곧잘 따라가기란 매우 어려웠어요. 사실 궁금한 것도 물어보고 싶은 것도 너무 많았지만 단체로 하는 수업에서 모든 걸 질문하기란 어려운 일이더라고요.

처음에는 그러려니 했지만 잘하고 싶다는 욕심이 생기고 나도 할 수 있다는 기대를 품고 있으니까 선생님만을 의지하고 가는 것보다는 다른 것에도 의지를 해야겠더라고요. 알려주시는 선생님의 말을 기본으로 놓고 수영을 잘하시는 분들의 영상을 보면서 내가 부족한 점들을 보완하는 시간들을 가졌어요.

선생님에게도 의지하고 있지만 영상을 만들 정도로 수영을 좋아하는 그

분들에게도 의지를 하게 된 거죠. 그렇게 수영의 관한 영상을 매일 보다 보니까 일을 하러 나갈 때도 머릿속에는 수영 생각뿐인 거예요. 깨어있는 온종일 수영이 머릿속에 둥둥 떠다니는 거죠.

그런데 수영 영상을 보면 수영에 관한 얘기만 나오는 게 아니에요. 이러저러해서 수영을 시작했고 그래서 이렇게 내가 늘었다 하는 다양한 과정들도 나와요. 개인적인 얘기들이죠. 그런 영상들을 보면서 나 역시 늘 수 있구나. 라는 생각을 하게 됩니다.

저는 혼자 일어나서 스스로 해내길 바라요. 누군가의 도움을 받는 것보다는 스스로 해냈을 때의 쾌감이 더 크다고 생각을 해요.

하지만 때때로 타인의 도움이 필요할 때도 있어요. 수영을 나 혼자의 힘으로 해냈을 때 그 성취감은 엄청 날거예요. 그런데 그렇다고 다른 사람의 조언을 듣지 말라는 것은 아니에요.

내가 가는 길이 물 한 모금 없는 모래사막 같은 길이라면 길을 가다가 오아시스가 아닌 물을 주는 사람을 만나게 될 때 물 한 모금을 얻어서 먹을 수 있는 거죠. 그 한 모금의 물로 다시 힘을 얻어서 모래사막을 걸어갈 수 있는 거예요. 누군가를 의지한다는 건 나약하기 때문이라서가 아니라 앞으로 더 최선을 다하겠다는 기운을 얻어가는 거예요. 한모금의 물로 인해서 우리는 뜨거운 모래사막을 더 걸어갈 수 있잖아요. 그래서 결국 오아시스에 닿을 수 있고 말이죠.

오아시스에 도착하기 위해서는 가는 길목에 생수가 필요해요. 그래서 우리는 누군가가 걷고 있는 그 길에 생수를 줄 수 있는 사람이 되어 줘야 하는 겁니다.

제3부
껴여

마음은 표현해야 안다

이제는 주말이 되면 거의 자유 수영을 가요. 한번이 어렵지 그다음에 가는 건 어렵지 않았어요. 한번은 자유 수영을 가서 수영을 하는데 반대쪽에서 배영을 하면서 오는 분에게 허리를 강하게 맞았어요. 저는 그 충격으로 물속으로 가라앉았다가 일어났는데 저를 치신 분은 계속해서 배영으로 가시는 거예요. 처음에는 "뭐야?" 하고 말았는데 같은 상황이 두 번이고 세 번이고 반복되는 거예요. 그리고 사과도 없고 말이죠.

처음에는 그러려니 했지만 이게 반복이 되니까 매우 불쾌했어요. 그런데 전 아무 말도 하지 않았어요. 말을 하지 않았던 이유는 그 순간 최선을 다하고 있는 그분의 얼굴 봤어요. 저를 강하게 몇 번이고 치고 있는지도 모르는 그 얼굴을 보면서 "뭘 말해." 하는 마음이 생기더라고요.

무언가에 몰두할 때 본의 아니게 주변에 피해가 되는 경우가 있죠.

그럼 사람들은 웬만해서 말 잘 안 해요. 내가 이러저러해서 피해를 봤다는 말 거의 안하고 침묵으로 일관하죠. 그렇게 했을 때 막상 보면 결국 침묵하는 사람만 피해를 보는 건데도 말 안하는 경우가 많아요.

그런데 그건 그 사람이 모자라거나 말할 용기가 없어서가 아니란 거죠. 한편으로는 이해가 되기도 하고 또 다른 한편으로는 그러려니 하는 생각이 들기도 하는 거죠. 그럴 수 있겠거니 하면서 말이죠.

주변에 보면 참는 것을 잘하는 사람들이 있어요. 피해를 조금 보더라도 참아버리고 마는 사람들이죠. 그 사람들의 행동을 믿고 너무 교만해지거나 끊임없이 피해를 끼치는 행동을 하고 있다면 멈춰야 해요.

살다 보니까 조용하게 잘 참는 사람들이 한번 화를 내기 시작하면 살벌하더라고요. 특히 잘 웃는 사람들이 정색하고 반론하기 시작하면 소름 돋아요.

제 지인 중에 제가 무슨 말을 해도 "그래 네 말이 맞아." 하는 분이 계세요. 몇 년이 지났는데도 여전히 그래요. 지금 그분을 생각해 보니까 아직도 그러네요. 항상 제 말에 '맞아' 하시는 지인에게 저는 만날 때마다 장난을 쳤어요. 심한 장난은 아니었지만 계속하면 기분이 안 좋겠죠.

어떤 장난을 쳐도 웃어주시고, 즐거워하셔서 괜찮은 줄 알았어요. 그런데 어느 날은 표정이 굉장히 안 좋아지시더니 화를 내시는 거예요. 처음 보는 모습에 굉장히 놀라기도 했고, 미안하기도 했어요. 그래서 그 후로는 상대방에 기분을 보면서 장난을 쳐요.

이건 아주 긍정적으로 흘러간 상황이에요. 대부분 화를 잘 안 내는 사람들이 화를 내면 절연을 하죠. 연이 끊겨요. 그래서 주변에 조용하게 잘 참고 웃어주는 분들이 있으면 눈치껏 잘해드려야 해요. 그런 분들이 화를 못 내서가 아니라 나를 많이 아끼고 좋아하셔서 참아주고 있기 때문이죠.

저는 주변에 참 저를 많이 귀여워해 주시고 아껴주시는 분들이 몇몇 있어요.

글은 세상 철 다든 것처럼 써도 실제로는 별것도 아닌 일에 웃음을 주체하지 못하는 정말 개구진 성격이라서 주변에서 저를 끊어내려고 했다면 오래전에 끊어냈을 거예요.

그런데 그런 저를 매번 예뻐해주시고 좋은 사람으로 생각해주셔서 매 새해가 되면 감사 인사를 해요.

올해 여러분도 감사하는 분들이 계시겠죠?

쑥스러워도 한번 그 마음 전해보세요.

어쩌면 말이죠. 제가 장난을 쳐도 그분들이 저를 아껴주시는 건 저 역시 그런 그분들의 마음에 매번 감사를 표현하고 있어서 인지도 몰라요.

마음은 표현해야 알 수 있어요. 비밀로 하면 아무도 알 수가 없습니다.

저항을 많이 받는 평영

안녕하세요. 어느덧 평영까지 오게 되었네요. 평영까지 가는 길이 굉장히 어렵고 막연할 줄 알았는데 어떻게 이렇게 잘 도착했어요. 저 따라서 수영장 잘 따라오시는 거죠? 또한 여러분도 어찌어찌 평영까지 읽고 계시네요. 여러분이나 저나 정말 대단합니다.

평영을 배운다는 선생님의 말에 저는 많이 당황했어요. 왜냐하면 저는 수영을 처음 등록할 때 사실 배영도 생각을 안했어요. 단지 자유형만 생각했던 터라 배영을 배울 때도 난색 했죠. 그런데 갑자기 평영을 배운다고 해요.

그런데 짚고 넘어가야 하는 건 전 평영을 몰라요. 눈으로 본 적도 어디서 들어본 적도 없어요. 수영에 관심이 조금도 없이 살아온 터라 아예 몰랐어요. 그렇게 수영을 모르는 사람이 수영을 배우고 있는 거예요. 얼마나 신기한 것들이 많이 있겠어요. 평영을 알려주신다는 말과 함께 선생님의 평영 시범을 보고 나서 "오……."감탄사가 나왔죠. 자유형과 배영과는 다르게 평영은 동작이 엄청 커요. 팔과 다리가 크게 움직여요. 즉, 물속에서 저항을 많이 만들어 낸다는 말과도 같아요. 그렇게 저항을 많이 만들어 내는 영법인데 가장 앞으로 쭉- 많이 나가더라고요.

"평영의 원리가 뭘까?" 자유형을 할 때나 배영을 할 때 팔에 저항이 생겨서 팔을 돌리는 것도 힘들었는데 평영은 팔을 돌리는 것보다 더 복잡한 동작을 하는데 더 빠르게 앞으로 가요.

거기에 다리까지 큰 동작을 하죠. 지금은 그 동작을 하면서도 앞으로 가는 이유를 알고 있지만 당시에는 전혀 이해가 되지 않았어요. 말이 쉽지 막상 하려고 하면 팔 따로 다리 따로 움직일 뿐만 아니라 계속 가만히 멈춰서 정확하지 않은 평영을 끊임없이 하는 거죠. 앞으로 나가지 못하고 말이죠. 그럼 숨도 차오르고 아직도 제자리야? 하는 생각도 들어요.

그런데 이 생각은 저를 포함한 대부분의 학생들이 한 생각이에요. 자유형도 배영도 금방금방 했던 분들이 평영에서 딱 막히기 시작하는데 다들 너무 당황하시는 거예요. 여기서 그만둬야 하나 하고 고민도 하시더라고요. 심지어 몇몇 분들은 그만두셨어요. 평영은 그 정도로 오래 걸리고 어려운 영법이라고 선생님은 말씀하세요.배우는데 1년 정도가 걸린다고 합니다.

저는 그 말을 듣고서 마음이 한결 편해졌어요. 내가 지금 못한다고 해서 조급해할 필요가 없네. 라는 생각이 찾아왔어요. 이 생각이 별 것 아닌 것 같지만 얼마나 나 자신에게 위안되고 '할 수 있어' 라는 용기를 주는 말인지 혹시 아실까요?

우리는 어렸을 때부터 각종 시험을 치르면서 평가를 받아왔어요. 학교 중간고사도 시험이지만 체육 시간에 하는 달리기도 시험에 속하죠. 편식을 하면 안 된다 하여 먹기 싫은 음식을 앞에 두고 먹어야 하는 것도 시험에 속해요. 등등 매일 같이 겪는 여러 시험 속에서 우리는 시간제한이라는 꼬리표를 항상 느껴요.

달리기 얘기가 나왔으니 달리기를 예로 들어볼게요. 출발이라는 총을 땅! 하고 공중에 쏘아 올리면 우리는 전력을 다해 목표지점으로 달려가요. 그리고 1등이 나오고 꼴등이 나올 거예요. 그런데 여기서 한 학생이 뛰지 않고 천천히 걷는다고 생각해 볼게요. 또는 걷다가 멈춰서 하늘을 봤다고 할게요. 하늘은 맑아서 봤을 수도 있죠. 그럼 선생님은 그 학생에게 뭐라고 할까요?

"뭐해? 빨리 뛰어!"

라는 재촉의 말을 할 것 같아요. 주변에서는 저 학생이 왜 멈춘 건지 의아해 하겠죠. 달리기라는 건 50초안에 들어오세요. 라던가 100초안에 목표지점까지 도달하세요. 라는 말은 없어요.

하지만 멈추면 안 돼요. 달리다가 숨이 차서 천천히 걸어서 목표지점에 도착할 수는 있어요. 그렇지만 멈춰서 하늘을 보고, 감상의 시간은 가질 수 없죠. 즉, 모든 시험이라는 건 수치화되지 않은 시간이 째깍째깍 돌아가고 있고, 우리는 그 시간 속에서 항상 부담을 느끼고 있어요. 그 시간 안에 모든 걸 해내야 한다는 부담감이죠. 이런 부담감은 특히 시험 기간에 많이 나타나요.

그런데 그런 부담감을 사람들은 본의 아니게 자주 겪어요. 결국 매우 많은 스트레스를 몸에 품고 사는 거죠. 목표 지점까지 [몇 일, 몇 시간, 몇 분, 몇 초] 그리고 결과가 나올 때 환희의 소리가 많을까요? 좌절이 많을까요?

혹시 제 질문에 고민하셨을까요? 바로 제 대답을 드릴게요. 좌절의 소리가 더 많아요. 왜냐면 아직 이 세상은 1등만 기억하는 세상이에요.

10명의 학생이 달리기를 할 때 목표지점에 1등으로 들어간 학생은 박수를 받고 스스로도 희열을 느껴요. 물론 2등도 잘했고, 3등도 잘했고, 4등도 5등도 그리고 마지막 10등도 다 잘했지만 각자 여러 가지 아쉬움이 생겨요. 2등은 아쉽게 1등을 못한 아쉬움이 생기고, 10등은 꼴찌라는 타이틀에 아쉬워해요.

결국 10명의 학생이 달리기를 할 때 한 명에게 환호성이 나오고 9명은 나름대로의 좌절을 겪어요. 그런데 똑같은 상황에 2등도 환호성을 지르고 10등도 환호성이 나오는 경우가 있다면 어떨까요?

말 그대로 시간제한을 없애면 됩니다. 달리기에서 1등 하면 칭찬 받죠. 상장도 받을 수 있어요. 주변에서 대단하다는 말도 들어요. 그런데 달리기로 선수 생활을 해야 하는 특정 사람이 아닌 이상 꼭 1등을 해야 해요? 10등을 하면 소위 말해서 안되는 거예요?

제가 하고 싶은 말은 마음속에 있는 시간 제한을 없애자는 거예요. 결국 [몇일, 몇 시간, 몇 분, 몇 초] 라는 시간은 나 스스로 완벽해져야지 하면서 만들어낸 가상의 시간들입니다. 완벽해질 필요가 뭐 있어요. 그렇게 스트레스 받고 주변 사람들 의식하면서 완벽해지면 뭐해요?

결국 내가 즐겁고 행복해야 아침에 일어나는 게 즐겁고 밤에 잠이 들 때 마음에 걸리는 게 없는 건데 그런 생활을 누구나 꿈꾸는데 그러기 위해서는 스트레스 덜 받는 것밖에 없어요.

돈이 많아도 스트레스는 생겨요. 얼굴이 엄청 예뻐도 스트레스는 생길 수밖에 없어요. 최대한 자유롭게 최대한 즐겁게 살기 위해서는 세상이 맘대로 정해놓은 그 시간에 내가 완벽해 보이기 위해서 끼워 맞췄던 모든 것들을 내려놓고 편하게 생각하고 즐겁게 사는 거예요.

평영이 오래 걸린다는 말에 마음에 부담이 줄었어요. 아마 선생님이 평영은 다들 쉽게 잘하는 영법이에요. 한 달이면 다 하던데요? 라고 했다면 세상이 정해놓은 한 달이라는 시간 안에 나라는 사람을 끼워 맞추기 위해서 온갖 노력을 기울였을 거예요.

그렇게 해서 한 달 안에 평영을 완벽하게 한다고 한들 그동안 평영을 연습하면서 단 한 번도 즐겁다고 느꼈을까요? 그렇게 생각하기엔 무리가 있죠.

무언가에 쫓기듯이 이 시간 안에 꼭 해야 하겠다는 생각 하나로 즐기지 못하게 됐겠죠. 평영을 못한다고 해도 다른 사람에 비해서 조금 뒤처진다고 해도 마음에 스트레스는 없죠.

못해도 즐겁게 즐기면서 수영을 할 수 있다는 게 됩니다. 나 스스로 만든 제한 시간을 지워버리면 즐길 수 있게 됩니다. 사는데 있어서 즐기는 사람만큼 부러움의 대상이 어디 있겠어요.

사람은 살면서 모든 행동에 본의 아니게 세상의 등수가 매겨지지만 모든 일을 즐기는 사람은 등에 꼴등이라는 표시가 있어도 언제나 박수를 받아요.

여러분 살면서 완벽하지 않아도 돼요. 그렇다고 부족하다고 생각하지 마요. 제 글을 보고 있는 모든 독자 분들은 부족하지 않아요. 다만 다른 거죠. 생각도 취향도 모든 것들이 다른 것뿐이에요. 그런 각기 다른 사람들을 경쟁을 시키고 제한 시간을 두는 세상이 잘못된 거예요.

"아주 못돼서 그렇죠!"

그런 세상이 주는 시간에 나 스스로를 끼워 맞춰서 힘들어 하지 말고 즐겁게 살아요.

걸어볼게요

이번 걸어볼게요를 준비하면서 고민을 많이 했어요. 전달하고 싶은 생각은 있는데 뭔가 번뜻하고 떠오르는 단어들이 없어서 많이 생각했어요.

수영을 하면서 제게 도움을 준 분들을 위한 목차가 하나 있었으면 좋겠다 싶기도 했고, 누가 되었던 제 책을 읽는 소중한 여러분에게도 도움이 되는 글이 이었으면 좋겠다. 이 두 마리 토끼를 잡을 수 있는 내용을 넣고 싶다고 생각했어요. 그런 고민 끝에 주제를 정했고, 이 주제 맞는 글을 쓰기 위해 가장 많은 시간을 쏟아냈어요. 누구보다 훌륭한 모든 엄마들을 위한 글을 적어볼게요. 저는 오전에 수영을 배우러 가요. 그렇다 보니까 애기가 있는 엄마 분들이 많아요. 거의 대부분이죠. 정말 애기를 키우시는 분들이 많아서 사실 나이 차이는 그렇게 많이 나지 않아요. 그래서 호칭은 언니로 하고 있고요. 그게 편해요.

저는 동생과 함께 수영을 다녔었는데 어느 날은 동생이 네일아트를 예쁘게 해서 간 적이 있어요. 전 별생각 없었는데 같이 수영하시는 분들은 동생의 손톱을 너무 좋아하시는 거예요. 그러면서 덧붙이는 말은 "애기가 있어서 난 못해."였어요. 하고 싶어도 애기가 있어서 하지 못한다는 말이더라고요. 나는 별생각 안한 네일아트가 엄마는 여러 생각을 하고 포기하게 되는 요소구나 생각이 들었어요.

엄마라는 무게는 포기와 같은 의미가 들어가 있구나. 제 주변 지인들은 전부 일찍 결혼을 해서 아이도 낳고 육아에 전념하는 지인분들이 많아요. 하지만 아이 때문에 무언가를 포기하는 경우를 본적이 없어요. 그만큼 제가 저 또한 사는 게 바쁘니까 제 지인들을 신경 쓸 여력이 없었던 거죠.

그런데 그분들 역시 엄마가 되었다는 이유로 부모가 되었다는 이유로 정말 많은 것들을 포기하면서 살고 있더라고요. 그걸 이번에 알게 되면서 제가 오래알고 있었던 지인들이지만 새삼 다르게 보이더라고요. 그걸 제가 이제야 조금씩 느끼고 있는 거죠. 수영을 배우면서 엄마가 된 분들의 대화 내용을 들으면 "아, 엄마는 이런 거구나." 하는 생각이 들어요.

저는 더 많은 세상을 보고 느껴보는걸 좋아하기 때문에 돈과 시간이 있으면 여행을 가요. 그리고 그 돈을 다 쓸 때까지 멈추지 않아요. 그런데 엄마라는 이름이 붙으면 시간과 돈이 있다고 해서 되는 게 아니구나. 차라리 그 돈으로 아이 학원 하나 더 보낼까? 아이가 좋아하는 음식을 하나 더 만들까? 하는 고민을 하더라고요. 혼자만의 시간은 일단 생각을 잘 안하는 거 같았어요.

수영을 하다가도 "애기가" 하면서 후다닥 하고 가버리시고, 탈의실에서 대화를 할 때도 "우리 아기가"라는 말의 주제가 가장 커요.

어떤 날은 머리도 안 말리시고 가버리세요. 그런데 그런 모든 과정 속에서 엄마들은 웃고 있어요. 애기가 밥을 안 먹어서, 애기가 말을 안 들어서라는 그런 말들 속에서도 미소가 있어요.

부모가 됨을 통해서 자신들이 여러 가지를 포기했다는 걸 알지만 그렇지만 그래도 입은 웃고 눈은 아이를 생각하는 게 보여요. 결국 포기가 있었지만 상상 이상의 즐거움이 따라왔다는 거죠. 배 속에 아이가 있는 시간 동안 태어나서 겪어보지 못했던 고통을 겪으면서 그것을 참고 아이를 안았던 건 결국 사랑이죠.

다른 걸로 표현을 할 수가 없어요. 입덧을 하면서 며칠을 굶고 체력이 없어서 방을 기어 다니고 하는 그 모든 과정들이 결국 사랑으로만 표현됩니다. 결국 엄마가 되고 부모가 된다는 건 아이가 삶의 전부가 된다는 거와도 같아요. 아이의 숙제를 챙기고 아침마다 아이가 먹을 밥을 새로 하는 게 새로운 꿈이 된 거예요.

카페에 앉아서 얘기하는 내용을 곰곰이 들어보면 다 아이에 대한 얘기였어요. 듣는 내내 저는 속으로 엄마란 이런 거구나 생각이 들더라고요. 그렇게 서로 재미있게 얘기하는 중에도 알람을 맞춘 것처럼 벌떡벌떡 일어나서 다들 가시는 거예요. 아이를 데리러 가나 봐요. 엄마도 사람이고 엄마도 재미있는 얘기가 오고 가는 이 상황이 얼마나 즐거워요. 그런데 그 자리를 미련 없이 나가죠. 그 모든 것들이 아이와 비교가 되지 않는다는 말하고도 같아요.

그게 너무 자연스러운 행동이라서 그분들은 그게 얼마나 대단한 일인지 생각하지 않을 수도 있어요. 지금 글을 보시는 많은 분들도 당연한 거 아니야? 할 수 있어요. 그런데 모든 일에는 당연한 게 없어요. 그만큼 희생하고 포기하는 거죠. 엄마라는 무게는 정말 내가 생각하는 것보다 훨씬 신중하고 무거운거 구나. 오늘도 많은 것을 포기하고 있을 엄마들에게 저희를 낳아주셔서 감사합니다.

개구리

이유 없이 슬픈 날이 있고, 이유 없이 기쁜 날이 있다면 둘 중 어떤 날을 선택하고 싶으세요? 질문이 많이 황당할 것 같아요. 이유가 없다는 전제가 깔렸는데 굳이 슬픈 날을 선택하진 않을 거예요. 그 누구라도 말이죠.

그런데 저는 딱히 이유 없이 슬프고 우울한 날이 있어요. 또는 반대로 이유 없이 기쁜 날도 있어요. 정말 딱히 그럴싸한 이유가 없이 말이죠. 사람의 감정이라는 건 정말 이유가 없이 안 좋아질 수도 있습니다. 이유를 알면 '해결'이라는 단어를 말하면서 뭔가를 해보려고 했을 텐데 그럴 수조차 없이 이유가 없을 때가 있어요.

그런 우울한 나를 주변에서 바라볼 때 어떤 기분이 들까요? 안타깝다 라는 마음도 있을 거고, 왜 그럴까? 하는 의문도 있을 거예요. 그런데 결국 가장 답답하고 왜 그럴까? 하는 건 나 자신입니다.

이유 없이 화가 날 때는 내가 제일 답답한 셈이죠. 그런데 이유 없이 화가 나고 우울한 나를 천천히 들여다보면 이유가 없는 것 같지만 이유를 찾아낼 수 있어요. 그동안 참고 내 감정을 숨기고 살아온 날들이 어느 날 우울함으로 찾아온 거예요. 그래서 막상 우울한 그 날은 이유가 없다고 느낄 수밖에 없고, 왜 우울한지 알길이 없죠. 하지만 그전에 나에게 있어서 우울할 이유들이 충분하게 쌓여있었다는 거죠.

어느 날 찾아올 이유 모를 우울함에 좌절하지 않기 위해서는 언제나 내 감정을 솔직하게 풀어내는 연습을 해야 해요. 그러기 쉽지 않다는 거 잘 알죠.

사회생활이라는 게 학교생활이라는 게 어디 쉬운 게 있겠어요. 하나하나 내 감정 다 얘기하고 내가 하고 싶은 것만 하고 살 수 있다면 얼마나 좋아요.

하지만 그러지 못하죠. 누구나 쉽지 않을 거예요. 다만, 연습은 할 수 있어요. 매일같이 새 전자기기가 출시돼요. 휴대폰도 오늘은 새 제품이었지만 내일은 또 다른 새 제품이 나오게 됩니다. 하루마다 새로운 세계가 열려요. 그런데 우리는 똑같은 감정노동을 하고 살죠. 변화하는 삶과 마찬가지로 내가 표현해야 하는 감정도 자유롭게 변화하면 좋은데 그것만은 이상하게 잘 변하지 않아요. 그런데 언젠가는 우리도 솔직하게 말할 수 있는 날이 분명코 올 거예요. 솔직한 게 아름다운 세상이 열릴 거예요. 꾸준히 발전하는 변화 속에서 우리 다양한 것들을 보았잖아요. 예전에는 부정이 되었던 것들이 지금은 인정을 받고 있는 것을 확인할 수 있잖아요. 그럼 언제가 될지는 모르지만 꼭 오죠. 우리의 다양한 감정들을 솔직하게 말할 수 있는 날이 꼭 와요.

솔직하게 내 감정을 말해도 사회 생활을 잘 할 수 있고, 학교생활을 할 수 있고, 집에서 생활할 수 있는 날이 열릴 거예요. 그러기 위해서는 가만히 누군가 그런 세대를 열어주겠지 하는 게 아니라 용기를 내서 내가 하고 싶은 말을 전달하는 연습을 한 분씩 하셔야 해요.

새로운 세대를 열기 위해서는 여러 사람의 노력들이 쌓여야 합니다. 새로운 세상이 열리는 변화를 추구하기 위해서는 감수해야 하는 용기가 분명히 있어요.

저두 용기를 낼게요. 내 감정을 다치게 하면서 어느 날 이유 모를 우울감에 빠지지 않게 나 자신을 아끼고 돌볼게요. 여러분도 그렇게 해주세요. 항상 말씀드리는 거지만 여러분 자신보다 소중한 건 이 세상에 아무리 생각해도 없어요.

평영을 하다 보니까 평영의 자세가 어디서 많이 본 것 같은 자세였어요. 아시는 분들은 떠올리셨을 거고 모르시는 분들은 제목을 보고 떠올랐을 거예요. 평영을 하시는 분들을 보면 '개구리' 가 떠올라요. 다리랑 팔을 크게 벌렸다가 길게 오므리는 동작을 하는 게 평영이에요. 그 자세를 보고 있으면 개구리가 추진력을 받아 앞으로 나가는 자세와 매우 흡사해요.

그럼 또 한 번 뇌를 자극해서 상상을 해볼게요. 머릿속에 흰 도화지를 그리고 그 위에 제가 설명해 드리는 평영을 원하시는 색상의 펜으로 그려볼게요. 저는 무지개 색으로 그려볼게요. 팔과 다리를 쭉 일직선으로 피고 있다고 생각해 볼게요. 양쪽 귀에 팔이 닿을 수 있도록 양팔을 위로 올려서 피고 있는 상태인 거예요.

그리고 손은 기도하는 자세로 모아줍니다. 사실 손은 살짝 벌리고 있어도 상관은 없어요. 다리는 바닥에 그냥 서 있듯이 곧게 펴주세요. 엄지발가락은 서로 붙여주게 되죠. 그 상태로 물 위에 떠 있다고 보시면 돼요. 얼굴은 물속을 보고 있고요.

모아져 있던 양손 바닥이 이제 서로 떨어질 거예요. 서로 좋아서 붙어있던 손바닥을 뒤집어서 물을 어깨너비 보다 조금 더 넓게 갈라줍니다. 그리고 곧바로 그 물을 내 몸 쪽으로 안아주는데요. 팔이 기억 모양이 되게끔 안아주는 거예요. 그럼 자연스럽게 상체가 물 위로 붕- 하고 떠올라요. 물을 눌러주는 힘 때문인데요. 이때 호흡을 고르게 하시면서 가슴 아래쪽에서 양손을 다시 만나게 해주시면 돼요. 그리고 모아진 양손을 물속에서 앞으로 슉- 하고 뻗어주면 팔은 완성이에요.

뭔가 상당히 복잡하죠. 모르셔도 괜찮아요. 이렇게 말했어도 머릿속으로 그림을 그리기란 쉽지 않았을 거예요. 그래도 노력했죠. 그럼 그걸로 충분해요.

팔에 맞춰서 다리 역시 넓게 동작을 취하게 돼요. 발목을 꺾은 상태로 무릎을 굽혀서 몸쪽으로 당겨준 다음에 구부리고 있는 다리를 펴게 되면서 발목도 쫙 펴줍니다. 이때 엉덩이가 위로 들린다는 느낌을 받으면 안돼요. 그렇게 펴진 다리를 서로 만나게 물을 다리로 안아주는 거죠. 강하고 빠르게 안아야 해요. 허벅지 안쪽에 근육이 사용되는 느낌이 들면 잘한 거예요.

이 자세가 마치 개구리 같다는 거죠. 또 이렇게 상상해보거나 다른 사람들이 하는 것을 보면 별것 아닌 것 같은 영법인데 막상 하려고 하면 너무 어려워요. 그러다 보니 이런 생각도 드는 거예요. 자유형이나 배영은 수영장에서 할 수 있는 영법이에요.

바닷가에서도 할 수 있어요. 그런데 선수가 아닌 내가 이렇게 동작이 큰 평영을 바다에서나 다른 수영장에서 할 수가 있으려나? 그런 의문이 드니까 그냥 자유형만 잘했으면 좋겠다. 생각이 들고 왜하는지 모르겠더라고요. 몸을 워낙에 크게 움직이는 동작이기 때문에 협소한 곳에서는 하기 어려운 영법이에요.

그런데 저 계속하고 있죠. 평영 잘 안되지만 꾸준히 하고 있습니다. 의문이 머릿속에 들어온 영법이지만 하고 있어요. 왜일까요? 평영은 앞으로 제가 접영까지 배우면서 총 배우는 4가지 영법 중에 한가지입니다.

4가지 영법을 배우면서 많이 어렵다고 생각하지만 완벽하게 하면 가장 재미있을 거라고 느낀 영법이기 때문이에요. 그리고 대단하고 생각했죠.

물이라는 장벽을 말하면서 그 장벽을 뚫고 갈 수 있는 수영에 전 큰 매력을 느꼈다고 했어요. 그 물 장벽을 가장 빠르고 강력하게 뚫고 갈 수 있는 영법이 평영이었습니다.

올바른 자세로 평영을 하게 되면 물을 빠르게 뚫고 앞으로 총알처럼 나가게 돼요. 그러면서 그 뚫어지는 물의 압력을 온몸으로 느낄 수 있게 되는데요. 그때 느껴지는 쾌감이 있어요. 다른 영법에서는 느껴보지 못했던 매력이 있어요. 그 매력적인 평영을 배워서 다른 곳에서 사용하지 못한다 한들 어때요.

살면서 가끔씩 잊을만하면 평영 한번하고 또 까먹을 만하면 평영 한번하고 그런다고 해도 어때요. 좋아하는걸 할 때 이걸 내가 과연 얼마나 할까? 내가 이걸 평생 할 것도 아닌데 하는 생각이 들 때가 많아요. 그래서 포기 하는 경우도 있어요. 그런데 말 그대로 배워서 평생 안한다 한들 어때요?

배움이 사라지지 않고, 내가 배우면서 느꼈던 매력이 지워지지 않아요.

꼭 남기려고 뭘 배우는 게 아니잖아요. 남겨놓고 두고두고 바라보면서 매일 꺼내 봐야 하는 거 아니잖아요. 하고 싶으면 '이걸 배워서 내가 얼마나 써?' 하는 고민하지 말고, 내가 배우면서 즐거울 시간만 생각하세요.

저란 사람은 거짓말도 서툴고요. 빈말도 잘 못해요. 그래서 그냥 하고 싶은 말 있으면 말해야 해요. 우리 웃어야 행복해요. 그런데 웃기 위해서 즐거워야 해요.

그리고 다시 한번 말할래요. 웃어야 행복해요. 행복하기 위해서는 즐거워야 하고요. 즐거워지려면 뭐가 되었건 내가 재미있다고 생각하는 걸 하면 돼요.

잘 될 거예요

안녕하세요. 벌써 1월이네요. 안 올 것 같았던 20년의 새해가 찾아왔어요. 글을 읽을 여러분은 다른 달이 될 거예요. 아니면 또 다른 새해에 책을 펼칠 수도 있겠죠.

저는 이게 너무 재미있어요. 제가 글을 쓰는 날과 글을 읽고 있는 여러분의 날이 다르다는 게 신기해요. 바라는 게 하나 있다면 글을 쓸 때의 제가 전달하고 싶은 바와 글을 읽을 때의 여러분이 느끼는 바가 크게 다르지 않았으면 좋겠다는 거예요.

시간이 오래 지나서 모든 환경이 바뀌고 유행도 전부 바뀌는 시대가 왔을 때 이 책을 펼쳐 읽고 계신다고 해도 제가 전달하고자 하는 바가 고스란히 잘 전달되길 바라요.

작가는 독자가 어떤 마음으로 책을 읽는지 또는 책을 읽고 어떤 기분이 들었는지 알지 못하지만 글을 쓸 때 전달하고 싶은 바는 정해져 있어요.

그건 몇 년이 흘러도 절대 바뀌지 않죠. 이것이 책의 매력 같은 거예요. 당시 작가가 생각하고 추구하는 삶을 엿볼 수 있는 거죠. 또한 책이 나왔을 당시의 환경을 글은 표현하고 있을 때가 많아요. 어떻게 보면 책은 그 어떤 책이라고 한들 그 시대의 역사를 담고 있는 경우가 대부분입니다.

제가 어제 서울에 다녀왔어요. 서울역에 도착을 해서 지하철을 타려고 기다리고 있는데 맞은편에 어떤 젊은 여자분이 저를 보면서 손을 흔들더니 굉장히 좋아하시는 거예요. 머릿속으로 아는 사람이던가? 하는 생각을 하던 중에 제 옆에 검정 그림자가 훅- 하고 다가 왔어요. 그래서 옆을 보니까 남자 한 분이 계시더라고요. 그리고 그 남자가 맞은편을 향해 손을 흔들고 있었고요.

"아~" 하고 자리를 피했죠. 굉장히 유쾌한 경험이었어요.

만약 제 옆에 서 있던 남자 분을 보지 못했다면 속으로 '누굴까?' 하면서 손을 살짝 흔들었을 수도 있어요. 참 다행스럽게 그런 불상사는 일어나지 않았어요. 운이 좋은 하루였죠.

운이 좋은 하루를 떠올리면서 글을 계속 써볼게요. 평영 발차기를 배운 지 이제 두 달 정도가 되었어요. 하지만 완벽하게 하지 못해요. 평영 발차기를 주제로 놓고 잠시 생각하는 시간을 가졌어요. 그리고는 생각나는 단어들을 종이 옮겨 적었습니다. 여러 단어들이 떠올랐지만 그중에서도 '인내심' 이라는 단어가 단연 돋보였어요.

왜 저는 평영 발차기를 생각하면서 '인내심' 이라는 단어를 적었을까요? 평영은 기다림이라는 시간이 있어요. 다리를 널찍하게 펴고 다시 모아주면서 앞으로 나갈 때에 아주 잠깐의 시간 동안 기다림이 필요해요. 그 기다림 없이 또다시 다리를 움직여서 발차기를 하게 된다면 그 자리에서 제자리걸음을 하고 있는 다거나 앞이 아닌 뒤로 가고 있을 거예요.

결국 평영은 기다림과 연관성이 깊어요. 하지만 그 잠깐의 기다림 동안 나는 물을 뚫고 앞으로 나가는 모든 것을 느낄 수 있어요. 올바른 자세에 잠깐의 기다림을 겪고 나면 앞으로 쭉쭉- 막힘없이 나갈 수 있는 영법이죠. 그런데 하다 보면 마음도 급해지고 몸이 물에 가라앉는 느낌이 들기도 하고, 그래서 자세도 올바르게 안 되고 인내의 시간이 없어질 때가 많아요.

조금만 더 기다리면 앞으로 나갈 수 있는 게 평영인데 그 시간을 줄 여유가 마음에 생기지 않는 거죠. 잘 생각해보면 '인내' 라던가 '기다림' 이라는 단어는 정말 많이 사용해요. 특히 내가 좋아해서 하는 무언가에 경우에는 기다림이라는 단어를 자주 언급하죠. 왜냐하면 내가 싫어하는 일을 할 때는 이런 생각이 들어요. 굳이 이걸 내가 참아가면서 할 필요가 있을까? 목표 의식이 생기지 않기 때문에 인내할 이유를 찾지 않죠. 역시 기다림을 겪어야 할 필요성을 느끼지 못하죠.

그런데 내가 좋아서 하는 일에는 목표 의식이 확실하게 있기 때문에 하나의 성과를 얻기 위해서 참아내야 하는 시간을 받아드리고 이겨낼 수 있어요.

또한 그런 과정을 겪는 시간을 단지 인내하는 시간이라고 생각하지 않죠. 그 과정 역시 좋아하는 일에 포함하게 돼요. 어떠세요? 좋아하는 걸 해야겠다는 생각이 들죠?

최고예요. 역시 잘 될 거예요.

이름이 불리지 않을 때

여러분은 언제 외로움이라는 정서를 느끼세요?

곰곰이 생각해보고 대답을 꼭 해주세요.

제가 조금 어른인 척 얘기를 해보자면 이제는 외로움을 느낀다. 고해서 사람을 만나진 않아요.

예전에는 무언가 마음에 찬바람이 부는 거 같을 때 친구들을 만나는 걸로 그 마음을 데웠어요. 그런데 지금은 외롭다고 누군가를 만나는 건 딱히 좋은 방법이 아니라는 생각이 들어요. 물론 이건 제 생각이죠. 그런데 많은 사람들은 외로움이라는 정서가 느껴지면 사람을 만나요.

사람을 만나면서 그 마음을 풀어내죠. 친구를 만날 수도 있고 때로는 이성을 만날 때도 있어요. 왜 그럴까? 왜 외로우면 사람을 만나야 하는 걸까? 그건 외로움이라는 감정은 누군가 나를 부르지 않을 때 생겨나는 감정이기 때문이에요.

우리는 우리에게 주어진 특별한 이름이 있죠. 그 이름은 수많은 사람들을 나누기 위해서 지어진 이름이 결코 아니에요.

누군가에게 불리기 위한 이름인 거죠. 그런데 그 이름을 불러주는 사람이 없다고 하면 또한 그 사실을 우리가 알았을 때 우리는 외로움이라는 감정을 느끼게 됩니다.

이름이 의미하는 바는 그 사람 자체일 때도 있어요. 하지만 결국 이름이라는 건 어떤 생각과 환경에서 불러졌느냐에 따라서 의미가 매우 달라져요. 사랑하는 사람에게 내 이름이 불렸을 때 그 순간의 나의이름은 세상에서 가장 빛이 나죠,

그 어떤 단어보다 소중하게 보이죠. 또는 나를 도와주는 사람이 나의 이름을 불러줬을 때 나의 이름은 그 순간에 가장 도움이 절실해지는 의미를 담게 돼요. 싫어하는 사람이 나의 이름을 부르면 내 이름에는 기분이 썩 좋지 않은 의미가 담아지죠.

그럼 궁금해져요. 우울할 때가 뭘까요? 나의 이름이 온전히 불렸음에도 우울해질 때가 있죠. 왜 우울해지는 걸까요? 그건 앞에 말한 거와 같이 누군가가 나를 부르지 않았을 때입니다. 불린다는 건 이름이 될 수도 있지만 "저기요.", "야" 등의 나를 부르는 모든 말을 의미해요.

하지만 그게 정말 나를 존중하는 마음을 담아서 부르는 말들일까요? 그게 아니라는 건 아이도 알 수 있어요. 그래서 불렸음에도 불구하고 우리는 우울해요.

제대로 불린 게 아니기 때문입니다.

소중한 이름.

그 이름에 미소 한 번 담아서 부르는 건 어려운 일이 절대 아니에요.

누군가에게 외로움이라는 마음이 들게 하는 것은 내 입에 달려있어요.

외로움을 느끼고 있을 분들에게 따뜻한 마음을 꾹꾹 눌러 담아서 이름 한번 불러주세요. 이름 뒤에 하고 싶은 좋은 말들을 넣으면 더 멋질 거 같아요.

머릿속으로 누가 있을까 생각하고 계신가요? 정말 다정하신 분들이네요.

그런데 여러분은 소중한 이름이 불리고 싶지 않으세요?

제가 이번 주제를 정하고 글을 쓰면서 생각한 건 나 자신을 부르고 사랑하는 시간이 하루에 한번쯤 있었으면 하는 마음에서입니다.

"인애야, 오늘도 고생했어요."

얇은 책

앞서서 이미 평영 팔 동작을 설명했어요. 그런데 그냥 또 하려고요. 책을 볼 때 앞부분에 보면 목차가 있잖아요. 그게 왜 있는 줄 아세요? 목차를 딱 보고 맘에 드는 제목을 골라서 봐도 된다는 걸 의미해요.

책 한 권을 전부 보지 않아도 된다는 거죠. 그런데 우리는 한 권을 전부 읽어야 한다는 압박에 시달려요. 그래서 책을 읽을 시도를 내지 못하죠. 저는 한 달에 매우 많은 책을 손에 올려서 펼치지만 끝까지 전부 읽는 책은 몇 권 안 돼요. 중간에서 멈추는 책도 있는가 하면 원하는 목차만 몇 개 골라서 보는 책도 있어요. 또 어떤 때는 반대로 한 권을 몇 번 반복해 볼 때도 있습니다. 그냥 쉽게 말해서 내 맘대로 보는 거예요. 내가 읽고 싶으면 계속 읽고 아니면 덮는 거죠.

제 지인분들은 제가 책을 냈다는 건 알지만 아무도 사서 안 읽어요. 그냥 그런가보다 하고 맙니다. 저도 굳이 안 봐도 크게 신경 쓰이지 않기 때문에 괜찮아요. 그런데 책을 내고 한 달 정도가 지났을 때쯤 모르는 분에게 "저 다 읽었어요." 라는 말을 들은 적이 있어요.

그 말을 듣고 "정말요? 왜요?" 하고 물었습니다. 그렇게 물으니까 대답을 못하시고 웃어주시더라고요. 그래서 제가 "재미있었어요?" 하고 다시 물었어요. 그러니까 "네 완전 따뜻했어요." 하고 답해주셨어요. 그리고 어떤 구절에서 마음이 동요했는지를 설명해 주시는데 너무 감사하면서도 책이 나온 지 겨우 한 달이 되었는데 다 읽었다는 게 의아한 거예요.

처음 책이 나왔을 때는 인터넷에서만 구매가 가능했어요. 그럼 주문을 넣어서 기다리는 시간을 어느 정도 제외하면 1~2주 사이에 책을 읽었다는 말이에요.

저는 바쁜 시간을 쪼개서 이 글을 읽어주길 바라지 않아요. 바쁜 시간을 쪼개서 해야 하는 건 쉬는 거죠. 책을 읽는 것도 체력이 들어가고 머리를 써야해요. 쉴 수 없는 행동이에요.

그런데 직장인이시던 그분은 야간 대학을 다니면서 그 중간에 제 책을 봤다고 하셨어요. 그 마음에 너무 감사드리면서도 내가 바라던 바는 이게 아닌데 생각이 들었어요.

저는 여러분의 소중한 시간을 가지고 싶지 않아요. 여러분의 시간은 온전히 여러분을 위해 사용하는 게 맞아요. 그전에 쓴 책을 보면서 몇몇 분들은 책이 왜 이렇게 얇아? 하고 제게 물었어요. 그럼 제가 반문을 할 수 있죠. 책은 두꺼워야 해요? 아니요. 오히려 저는 얇은 책을 내기 위해 노력한 거예요. 만약 제가 두꺼운 책을 냈다면 사람들에게 더 다가가기 힘든 책이 되었을 거예요. 책을 두껍게 만들어 내는 건 어려운 일이 아니에요.

"응원해요."라는 말을 "당신을 많이 응원하고 있어요." 라는 말로 바꾸기 시작하면 그 의미는 같아도 문장은 그럴듯하게 길게 만들어져요.

짧은 단어들을 긴 문장으로 만들어 내는 건 결코 어려운 게 아니에요. 즉, 책을 두껍게 내는 건 어려운 게 아닙니다. 하지만 얇게 낸 이유는 책이 주는 부담을 없애고 싶었고, 바쁜 시간을 쪼개서 보는 책이 아니길 바랬기 때문입니다. 이번 책도 그렇게 두껍지 않아요. 하지만 제가 전달하고 싶은 모든 것이 전부 들어가 있어요.

이번에도 같은 말을 해볼게요. 빨리 읽고 다 읽었어. 하는 책 말고 천천히 마음을 나누는 책이 되었으면 좋겠어요. 상처받은 감정은 단번에 치유되기 어려워요. 천천히 공감하고 대화하면서 슬픔이 해소되고 웃음이 하루하루 쌓여가게 만드는 책. 그러기 위해서는 이 글은 아주 오랜 시간 느리게 읽어가야 해요.

절대 재촉하지 않아요. 가장 중요한 건 언제나 여러분이기 때문이죠. 평영 팔 동작은 물을 양쪽으로 가르고 안아주면서 저항이 생겨나요. 그 저항을 이겨내기 위해서 끊임없이 연습을 하게 되는데요. 연습은 자유형 발차기를 하면서 팔은 평영 팔 동작을 하게 되죠. 그렇게 익숙하게 될 때까지 연습을 하는 거죠.

처음에는 물을 가르고 물을 안아준 뒤 앞으로 모아서 다시 뻗어준다는 걸 행동으로 해내기가 어려워요. 물을 가르는 것부터가 익숙하지 않죠.

"그래서 어느 정도 물을 가르라는 거지?"

"물속에서 물을 가르면 되는 거야?"

"물을 가르고 난 다음에 기다려?"

"손을 돌려서 손바닥으로 물을 가르라는 게 뭐야?"

평영 팔 동작을 배우면서 매우 많은 말들을 들었어요. 저는 말보다 웃음이 많은 사람이라서 그런 말들이 수업 중간 중간에 들릴 때마다 하하하하 하고 웃음이 나왔어요. 이유야 저도 궁금한 내용이니까요. 평영 팔 동작은 그만큼 의문이 많은 동작이에요. 물을 안아줄 때 상체가 붕하고 떠올라야 잘하고 있는 거예요. 그래야 숨도 쉬고 앞으로 나갈 수 있어요. 그런데 상체가 붕- 하고 안 떠오르는 분들도 계세요. 물을 잘못 안고 계신 거죠.

그분들에게 물을 끌어안아 주는 평영의 팔 동작은 의구심 투성이인 거예요.

왜 상체가 안 뜰까? 하는 고민과 함께 숨을 쉬기 위해 억지로 상체를 띄우려고 하다 보니까 허리에 무리가 가기도 해요. 물을 안으면서 누르는 힘에 의해 상체가 저절로 떠오르는 건데 그게 안 되다 보니까 물속에서 허리에 과하게 힘을 주게 되고 그 힘으로 상체를 띄우게 되죠.

그럼 결국 허리가 아플 수밖에 없어요. 그래서 평영을 한차례 하고 나면 그다음 날 수업에 안 나오시는 분들이 종종 있어요. 몸이 아프니까 나올 수가 없는 거죠.

이제는 모두 상체를 어떻게 띄우는지 몸에 익어서 평영 때문에 허리가 아프다는 말을 그전보다는 덜 들어요. 물론 접영을 배우면서 다시 허리가 아프다는 말이 들립니다. 이것 또한 익숙 해지면 지나갈 일들이에요.

허리가 아프면서 멈칫했을 거예요. 일단 내 몸이 아프기 시작한데 아무리 좋아하는 거라고 해도 멈출 수밖에 없었을 거예요.

꾸준히 하는 일에 가끔 멈칫 하고 멈춰야 하는 경우도 있어요. 계속해야 하는 일이고 멈추지 않고 걸었으면 하는 길이지만 부득이하게 멈춰야 하는 상황이 생길 때도 있어요. 그럼 그냥 멈추는 거예요. 가벼운 감기가 스치듯이 아주 잠깐 다 내려놓고 쉬어보는 거죠. 멈춰있는 동안 쉬는 거예요. 그리고 감기가 나으면 다시 걷는 거죠.

살면서 꽤 많은 도전을 하고 꾸준히 걸어갈 인생인데 어느 순간 잠깐 쉬면 어때요?

누군가는 아직도 취직을 못했어. 하는 고민을 하더라고요.

내 나이가 20대 후반에 접어들었는데 아직도 그럴듯한 회사에 입사하지 못했어, 라고 해요, 그럼 뭐 어때요. 괜찮아요. 앞으로 가야 하는 길에서 잠깐의 쉬는 시간을 가지고 있는 것뿐입니다. 그 쉬는 시간 동안 불안한 마음으로 나를 벼랑 끝에 서 있게 하지 말고 이왕 쉬는 거 당당하게 "취준생이 뭐 어때서!" 하면서 쉬는 거예요. 막상 일하기 시작하면 취준생이었을 때가 그리울 수도 있어요. 회사에 입사해서 드라마 같은 회사 생활 다들 꿈꾸시죠? 그런데 현실은 조금 다르더라고요. 어쩌면 정말 놀 때가 가장 좋을 때였다고 생각할 수 있어요.

지켜봐 주는 거예요

방에 있는 벽시계가 어느 날 멈추더니 다시 움직이기 시작하는데 시간이 20분 느려졌어요. 그런데 고쳐야겠다는 생각이 딱히 안 들어요. 그냥 20분 느린걸 감안하고 보면 그만입니다. 이런 상황 참 많죠. 휴대폰을 떨어트렸는데 액정이 와장창 깨지면 수리를 하지만 그냥 실금이 몇 개 생기면 그냥 써요. 수리를 맡기러 가는 게 번거롭다는 생각이 들죠.

왜 그럴까요? 여러 가지 말들을 생각해봤는데 저는 그냥 귀찮아서인 것 같아요. 귀찮은 거 몇 개 안해서 편안해진다면 평생 안하고 사는 것도 나쁘지 않은 거 같습니다.

킥판은 수영을 할 때 도움을 주는 존재라고 보시면 돼요. 킥판 이라는 건 물에 둥둥 뜨는 건데 그걸 잡고 있으면 수영을 잘 못하는 사람도 물에 잘

떠요. 즉, 수영을 배움에 있어서 도우미 역할인 거예요. 자유형을 처음 배울 때도 킥판이 있었고 배영을 처음 할 때도 킥판이 있었어요. 평영을 할 때 역시 킥판이 있어요.

킥판을 잡고 수영을 하면 자신이 생겨요. 내가 완벽한 몸에 수평을 유지하지 않아도 물에 둥둥 잘 뜨게 해주고 내가 물속에 저항을 제대로 이기지 못한 상태로 팔을 돌려도 가라앉지 않게 도와주는 역할을 하기 때문에 엄청난 도움을 주는 셈이죠.

그래서 킥판을 의지하고 수영을 하면 될까요? 수영을 해보신 분들과 수영을 안 해보신 분들의 답은 전혀 다를 거로 예상하고 있습니다.

킥판을 의지하고 수영을 하기 시작하면 수영의 실력이 늘지 않아요. 또한 어느 날 킥판이 없으면 아무것도 할 수가 없어요. 그걸 어느 순간 수업을 하다가 번뜻하고 알게 되었어요.

킥판을 잡고 자유형을 하는데 왠지 나 스스로 앞으로 나간다는 생각보다 내가 잡고 있는 킥판이 물에 그냥 둥둥 떠서 앞으로 가는 기분이 드는 거예요.

그 생각이 드니까 그동안 나에게 도움을 주던 고마웠던 킥판을 놔야겠다는 생각이 들었어요. 그리고 되던 안 되건 킥판을 놓고 수영을 하기 시작했죠.

킥판을 놓고 수영을 하니까 예상대로 잘 안되더라고요. 물에 얼마나 많이 빠지고 물을 먹는지 몰라요. 그런데도 킥판을 다시 잡고 싶다는 생각이 안 들었어요. 그 순간에 당장 물에 빠지고 허우적거리면서 물을 많이 먹었어도 도움 없이 나 스스로 간다면 "킥판 없이 한번 호흡해서 갔어." 하는 희열이 느껴지는 거예요.

내가 해낸 거잖아요. 도움 없이요. 때론 부모님은 20살이 된 성인을 아이로 봐요. 그런데 제가 봐도 아이가 맞는 거 같아요. 20살은 시대가 변해도 아이 같아 보여요. 그렇다고 해서 이제 세상에 발을 뻗어야 하는 그 아이의 손을 끊임없이 잡고 걷는 것을 도와주는 게 올바를까?

불안한 거 맞아요. 제가 그냥 20살을 보고 있어도 그들의 행동에 불안한 점들이 많이 보일 때가 있어요. 가끔 속으로 "아 저러면 안 되는데" 하는 생각이 들 때도 있어요.

저러면 나중에 후회하는데 하기도 하죠. 그런데 이제 성인된 모든 사람들은 결정에 있어서 자신이 선택할 권리가 있어요. 그들의 선택에 있어서 조언을 건넬 수는 있지만 애정이라는 말을 그럴 듯하게 포장해서 그들의 권리를 빼앗을 자격은 부모라도 없어요.

아직 어린 거 맞죠. 20살을 어떻게 어른이라고 단정 지을 수 있겠어요. 하지만 그들의 서툰 선택일지라도 그들이 선택함으로써 그들로 하여금 책임을 지게 만들어야 해요.

어른이 된다는 건 내가 선택할 자유가 주어지지만 그 선택을 책임질 수 있어야 한다는 걸 알려줘야 해요.

이제 어른이 될 준비를 하는 많은 20대에게 자유를 주세요.

그리고 옆에서 조용히 지켜봐 주는 거예요. 그들도 자신이 선택한 결과에 스스로 기뻐할 권리가 있다는 것을 조금 더 살아온 우리 어른들은 꼭 알아야 합니다.

걸어볼게요

사람과 대화를 할 때 그 상대방에 말투에서도 나를 존중하고 있다는 느낌을 받기도 하지만 요즘 저는 같이 있을 때 휴대폰을 보는지 안보는 지에 대한 여부로 나를 존중하고 있는지를 확인하는 거 같아요. 휴대폰에 얼마나 다양한 기능들이 많아요. 연락을 주고받는 기능은 기본으로 되어 있고 한번 빠지면 너무 매력적인 다양한 소셜 네트워크가 존재하잖아요.

또한 요즘 휴대폰 게임하면 한두 가지가 아니죠. 거기에 일정 시간이 되면 꼭 접속을 해야 하는 게임도 있어요. 휴대폰은 한번 잡으면 놓기가 힘들어요. 생활에 없어서는 안 되는 전자기기가 되었어요. 그런데 그런 휴대폰을 사람과 사람이 만나서 대화하는 도중에는 놓아야 해요.

마음은 당장 불안할 수 있어요. 매일 보는 휴대폰을 몇 시간이고 보지 않아야 한다면 꺼림칙 할 거예요. 그런데 모든 건 처음이 어렵지 두 번째는 그렇게 어렵지 않아요.

대화는 눈과 마음이 통해서 입으로 머릿속에 떠오르는 단어들이 전달되면서 시작이 되는 거죠. 그런데 한 손에는 휴대폰을 들고 대화를 한다는 건 올바른 대화라고 할 수 없어요.

이미 눈은 끊임없이 휴대폰을 들여다보고 있고, 머릿속은 소셜 네트워크를 생각하며 마음은 이미 딴 곳으로 가 있는 경우가 많기 때문에 상대방에게 집중할 수 없죠.

좋은 인상을 남기고 싶은 건 모든 사람이 가지는 마음일 거예요. 누군가에게 좋은 인상으로 오래 기억에 남고 싶은 생각이 든다면 여러 고민하지 말고 들고 있는 휴대폰을 주머니에 넣으면 됩니다. 그럼 상대방이 하는 말이 더 잘 들리게 돼요. 오래오래 좋은 기억으로 남는 분들이 되길 바랍니다.

맛있는 거 드세요

왜 제가 가끔 글 앞머리에 "안녕하세요."를 넣으며 "맛있는 거 드세요." 라고 하는지 궁금하지 않으세요? 간단해요. 맛있는 걸 먹을 때 기분이 안 좋은 사람은 없을 거고, 인사를 건넸을 때 불편한 사람은 드물어요.

지금 당장 기분이 안 좋은 사람에게 "너는 세상에서 제일 멋져." 라고 하는 것보다 "그만 우울해하고 맛있는 거 먹으러 가자."라고 할 때 더 위로가 될 수 있어요.

맛있는 걸 먹으러 가자는 엄밀히 따지면 위로가 아니죠. 그냥 맛있는 거 먹으러 가자는 것뿐이에요. 그런데 마음은 한결 편해진 경우가 많아요. 이유는 우리가 먹는 것에 있어서 아주 큰 비중을 두고 있어서 그래요.

맛있는 걸 먹으면서 풀리는 스트레스가 분명 있어요. 다른 사람의 그럴

듯한 위로 백 마디보다 떡볶이 한 접시 먹을 때 풀리는 스트레스가 있다는 거죠.

그래서 말하는 거예요. 제 말에 모든 사람이 위로를 받을 수 없다는 걸 알기에 대부분의 사람들이 큰 비중을 두고 있는 음식을 말하면서 또 다른 방법으로 위로를 건네는 거예요.

"맛있는 거 많이 드세요. 다이어트는 내일부터라는 명언은 괜히 생긴 게 아니랍니다."

제4부
검영

잠깐 쉴게요

벌써 접영에 들어왔어요. 우와 너무 신기하네요. 책에 영법을 소개하면서 쓰는 말처럼 수영이 제게 쉽게 다가왔다면 어쩌면 수영을 주제로 글을 쓰지 못했을 거예요.

너무 쉽게 배워버렸으니 느껴지는 바가 적었을 거 같아요. 하지만 누구보다 힘들게 배우고 있고 어려워하고 있기 때문에 남들보다 더 많은 것을 느끼고 경험하고 있는지도 몰라요. 그 경험을 토대로 글을 써나가고 있기 때문에 어렵게 느끼지만 감사한 일이죠.

어려운 일을 하는 상황이라면 안 좋게만 생각하지 말고 남들보다 더 많은 것을 느끼고 경험하는 것에 감사함을 느꼈으면 좋겠어요.

더딘 건 잘못이 아닙니다.

트라우마라는 벽 너머에 세상

저는 접영을 배운다고 할 때 얼마나 기분이 좋았는지 몰라요.

평영을 처음 배울 때는 "내가 왜?" 하는 생각이 들었지만 접영을 배운다고 하시면서 선생님이 시범을 보여주실 때 "우와 돌고래 같아." 평영은 물을 강하게 뚫고 앞으로 숙 가는 매력이 있어요. 그런데 접영은 눈으로 보기에 참 아름다웠어요.

접영은 사람의 몸이 물속에 들어가면서 머리부터 발끝까지 웨이브 동작을 해요. 물속에서 유연하게 몸을 움직이는데 그 모습을 상상할 수 있게 예로 들면 펜 끝을 잡고 위아래로 막 흔들면 펜이 물결치듯이 움직이는 착시 현상을 확인할 수 있어요.

해보시면 펜에 어느 부분 하나 꺾기지 않고 유연하게 움직이죠. 접영을 하는 사람의 몸 역시 물속에서 어느 한 부분도 제외하지 않고 유연하게 웨이브를 해요.

눈으로 보기에 얼마나 부드럽게 웨이브를 하는지 물의 저항이 전혀 없어 보여요.

저는 아직도 접영이 돌고래 같아요. 접영 팔 동작을 배우면서 물 위로 숨을 쉬기 위해 올라오지만 그럼에도 돌고래로 보여요. 다른 사람들은 물 위로 올라오는 동작에 의해서 나비동작이라고 해요. 그런데 저는 물 위보다는 물 아래 저항을 이겨내면서 내 몸이 웨이브를 할 때 그 모습이 제일 인상 깊고 아름다웠어요.

평영을 배우면서 수영의 의미를 알기 시작했어요. 장벽을 뚫고 나가는 힘이 무엇인지 알게 되었죠. 그리고 접영에 들어서면서 아름다움에 대한 생각을 하기 시작했어요.

그전에는 그냥 단지 빨리 수영을 배우고 싶다는 생각을 했어요. 잘 못하는 수영을 누구보다 많은 연습을 통해서 능숙해 지기만을 바랬어요. 그런데 접영을 보면서 무작정 잘하는 수영 말고 아름다운 수영을 하고 싶다는 생각이 든 거죠.

손끝에서 발끝까지 선이 곱고 아름다운 수영이 하고 싶은 욕심이 생긴 게 접영이에요.

저는 스포츠를 좋아하지 않았어요. 격하고 땀 흘리는 것을 보면 저는 무섭다는 감정이 생기더라고요. 축구를 보고 농구를 보면서 빠르게 뛰어다니는 선수들을 보면 대단하다 생각도 들지만 경기의 분위기가 점점 고조될수록 격해지는 스포츠의 분위기를 썩 좋아하지 않았어요.

야구 경기장에 가서 큰 소리로 사람들이 응원을 하는 것을 보면 심장이

쿵쿵거려요. 그래서 금방 나오는 경우가 많죠. 스포츠는 그래서 안 좋아하고 잘 보지도 않아요. 거의 안보는 게 맞죠. 그런데 알고 싶어지는 거예요.

내가 어느 날 용기를 내서 수영을 접하게 되고, 그 수영에서 스포츠라는 거에 매력을 느끼게 되면서 그동안 무섭게 만 느끼고 있었던 스포츠들에 관심이 가기 시작한 거죠.

제가 스포츠를 무섭게 느꼈던 이유는 여러 이유가 있겠지만 [잠시 쉬었다 갈까요?]에 언급이 되었던 소리에 대한 공포일 수도 있어요. 또한 단지 겁이 많아서 일수도 있습니다.

제가 평생 안고 가야 할 것 같았던 공포의 벽을 수영을 시작하면서 서서히 허물고 있는 거예요. 공포라는 벽의 벽돌이 한 개씩 바닥으로 떨어질 때마다 벽 너머에는 새로운 세상이 보여요.

나에게 강한 트라우마로 남아서 그동안 마주 설 용기조차 없었던 공포를 막상 마주 서서 보니까 해낼 수 있겠다는 생각이 들었어요. 아직도 잔잔하게 깔리는 음악을 좋아하고 빠른 속도의 음악은 오래 못 들어요. 수영장에 가서 체조를 할 때 음악이 나오는데 그 음악 소리가 가끔 너무 크게 느껴질 때가 오면 체조를 하다가 귀를 막아요. 아직도 그러고 있죠. 아직 소리에 대한 공포를 전부 이겨내지 못했어요. 그런데 벽이 점점 허물어지고 있죠.

공포라는 벽이 어느 순간 계속 무너져 내리고 있어요. 그리고 느껴지죠. 내가 이 트라우마를 이겨내서 공포를 다 허무는 순간 얼마나 굉장한 세계를 알게 될까 하고 말이죠.

저는 소리에 대한 공포가 사라질 거라는 생각을 하지 않았어요.

조금의 불편함은 있지만 사는 데 있어서 크게 힘들지 않았기 때문에 그냥 둬도 되는 트라우마로 남겨놨어요. 그런데 막상 사라질 기미가 보이니까 즐거운 거 있죠.

트라우마가 만들어낸 공포의 벽은 없애는 게 맞더라고요. 살면서 크게 불편함이 없는 트라우마도 있어요. 저처럼요. 그런데 다 없어지고 세상을 바라볼 때 그 느낌이 어떨까 기대하게 돼요.

여러분이 가지고 있는 트라우마가 있다면 그 공포의 벽 뒤에 숨어 있지 말고 어떻게 하면 이 벽을 허물 수 있을까를 생각을 해봐요. 무식하게 발로 차서 허물어 질 것 같으면 발로 차버리는 거죠. 도구를 사용해야겠다 싶으면 망치로 그냥 두들기면서 벽을 무너지게 하는 거예요.

책을 낸 지 아직 6개월도 채 되지 않았어요. 그런데 그 짧은 시간 동안 생각이 많이 변했어요. 아마 생각이라는 건 내일 또 변할 수도 있어요. 언제나 한결같을 수가 없을 거 같아요.

그래서 더 많이 응원하고 싶어요. 나와 같은 고민을 책을 읽는 순간의 여러분도 분명하실 텐데 그 마음을 누구보다 잘 알고 있는 제가 더 많이 손잡아주고 싶은 거예요.

잠시 멈춘다는 건

접영에 들어와서 목차를 어떻게 정해야 좋을까 고민을 하다가 제가 배운 순서대로 목차를 정하기에는 의미 전달의 오류가 있을 것 같은 거예요. 그래서 섞어서 목차를 만들었어요.

제가 접영 팔 돌리기를 처음 배우고 난 뒤 앞으로의 접영이 기대가 되고 설레는 상태로 집에 왔어요. 그리고 내일은 얼마나 나의 실력이 느는 것을 확인할 수 있을까에 대한 마음에 두근거리기도 했어요. 그런데 그날 일을 하면서 글을 쓰는데 순간 머릿속이 백지가 되는 거예요. 그 어떤 단어도 떠오르지 않았죠. 하얀색을 띠고 있는 메모장 위에 마음을 넣어서 짧은 문맥도 넣을 수가 없었어요. 갑자기 원인을 모르는 '정지'가 찾아온 거죠.

글을 쓰는 것이 가장 좋고, 가장 편하고 언제나 어떤 환경에 있더라도 글은 멈추지 못할 거라고 생각한 가장 사랑하는 나의 행위를 내가 못하게 되었다고 느꼈을 때 내가 무능력해 보이기 시작했어요. 이유도 모르겠고 특히 오늘은 다른 날 보다 더 기분이 좋았던 날이라고 할 수 있는 날인데 왜 나는 키보드에 손을 올려놓고도 단어 하나 적어내지 못하고 있을까 슬퍼졌죠. 가장 좋아하고 잘한다고 생각해서 걸어가고 있는 나의 길에 누군가가 폭탄 하나를 설치해서 터트린 것 같은 느낌이었어요. 폭탄이 터진 자리는 아주 큰 구멍이 생겨났고, 나는 앞으로 가고 싶지만 한 걸음이라도 움직이면 구멍 아래로 추락할 것 같았어요.

계속해서 흘러가는 시계를 빈 메모장과 함께 번갈아 가면서 보다 보니 어느덧 5시간이 지나있더라고요. 그러다 마우스의 움직임도 멈추고 나니 컴퓨터가 자동으로 꺼졌어요. 검은색이 되어버린 모니터를 보다가 눈물이 나오기 시작하는데 막 크게 울고 싶진 않은 거예요.

크게 울기 시작하면 내가 글을 못 쓰게 되었다는 걸 인정하는 꼴이 되는 것 같은 느낌에 사로잡혀서 고개를 들고 가만히 있었어요. 그럼에도 슬픔은 옆으로 계속해서 새어나오더라고요. 한숨도 나오고 다시 컴퓨터를 켜볼까 생각도 해보고 잠깐 이러는 거겠지 생각도 했어요.

그런데 그러는 순간에 묘하게 이런 생각이 들어왔어요. 손이 멈췄다는 생각과 마음을 담아내는 단어를 떠올릴 수 없다는 생각이 잠깐이 아닐 거라는 생각이 문뜩 들어오는 거예요. 저에게 있어서 굉장히 잔인한 일이죠. 너무 좋아해서 나의 20대를 바친 글쓰기를 할 수 없을 거라는 생각을 하니까 순식간에 떠오르는 복잡한 감정선 들을 견뎌낼 수가 없었어요. 그래서 다 멈출 수밖에 없었습니다.

수영을 가는 것도 일을 하는 것도 전부 멈췄죠. 마음에 병이 찾아오니까 몸에도 병이 찾아올 수밖에 없는 거더라고요. 일단 식사를 제대로 할 수가 없었고, 잠도 편하게 잘 수가 없었죠. 아침에 눈을 뜨는 게 아니라 차가운 새벽에 눈을 떠서 아침에 다시 눈을 감아요. 이런 생활을 3일정도 하니까 사람이 아닌 거 같았어요.

마음을 넣지 않은 단어들은 수없이 쓸 수 있어요. 하지만 저는 한 문장이라도 마음과 사랑을 넣고 싶은 거죠. 만약 이러다 글에 평생 손을 델 수 없다면 나는 어떻게 되는 걸까? 그렇게 일주일이 지나고 저는 이런 생각을 했어요. 고민을 하는 생각도 멈추면 어떨까? 내가 지금 아무것도 할 수 없을 거라는 판단을 내렸고 그래서 수영도 일도 멈춤 버튼을 눌러놨어요. 그때는 다시는 못할지도 모른다는 생각도 가지고 있었어요. 하지만 생각은 멈출 수 없죠. 또한 그때의 나의 생각은 긍정적이지 못해요.

그런데 그런 생각 역시 멈춤 버튼을 눌러놓을 수 있다면 눌러보는 건 어떨까? 내가 약 10년 동안 글을 쓰면서 많은 것들을 포기하고 희생하면서 나 스스로 나도 모르게 지쳤기 때문은 아닐까? 내가 가장 사랑하는 일이기도 하지만 어쩌면 나를 가장 옥죄고 있는 일이 글 쓰는 일이지 않을까 하는 생각이 들면서 생각을 비우기 시작했어요.

처음에는 쉽지 않았어요. 그런데 뭐든 하려고 하면 되긴 합니다. 계속해서 들어오는 불안한 생각을 지우기 위해 퍼즐을 사서 퍼즐을 맞추기도 하고 돈을 무작정 많이 들고 나가서 쇼핑을 해보기도 했어요. 얼마나 무작정 나갔냐면 같은 가게에 가서 같은 옷을 세 벌을 살 정도로 아무 생각이 없었습니다. 시리즈가 있는 영화를 끝까지 몰아서 보기도 하고 좋아하는 과자를 무작정 몇 봉지씩 먹어도 봤어요. 나한테 어울리려나. 고민만 하던 속눈썹 연장도 그냥 무작정 가서 제일 긴 걸로 했죠.

그동안 신경 쓰던 부분들을 전부 놓아버리고 그냥 살아봤어요. 그러다 보니까 기분이 나아지더라고요. 점점 긍정적으로 생각이 옮겨졌어요. 마음에 여유가 찾아온 거죠. 이렇게 마음에 여유가 찾아오니까 마음을 담은 단어들이 문뜩 떠오르기 시작하고 다시 컴퓨터 앞에 앉을 수 있었죠.

그리고 다시 글을 적을 수 있었고, 수영도 다시 나가고 일도 정상적으로 다시 할 수 있었습니다. 제가 가장 좋아하는 일에 정지가 찾아올 줄은 상상도 하지 못했어요.

무슨 일이 있어도 글은 멈추지 못할 거라는 생각이 언제나 있었죠. 그만큼 사랑하는 일이니까요. 하지만 살면서 다시는 경험하고 싶지 않은 순간이 찾아왔고 그래서 괴로웠고 결국 이겨냈어요. 이 과정을 겪어 내고 사람들을 바라보니 조금 다르게 보이는 점들이 있더라고요.

누구나 가장 좋아하는 일은 한 개쯤 있어요. 그게 무엇이든 간에 그 일을 하고 있을 때면 누구보다 집중하고 있고 누구보다 행복하죠. 하지만 그 일에 정지가 오지 않을 것이라는 보장은 없어요. 때로는 그 상황으로 인해서 완전히 멈추는 경우도 생길 거예요. 그게 얼마나 괴롭고 견디기 힘든 상황인지 상상하기도 힘들어요. 하지만 그 순간을 이겨내고 다시 글을 쓸 수 있게 된 제가 드릴 수 있는 말이 있다면 가장 좋아하는 일에 폭탄이 떨어졌다고 생각이 될 때 혹시 내가 그 일을 하면서 어쩌면 그 일이 나를 힘들게 한건 아닌지 되돌아보는 시간이 필요하지 않을까 해요.

내가 가장 사랑하는 직업이 때로는 나를 가장 아프게 할 수도 있다는 걸 알게 되었고, 내가 가장 좋아하는 일보다는 결국 나를 더 아껴야 한다고 결론을 지었어요.

접영 발차기

안녕하세요. 2020년에 02월 02일을 숫자로만 적으면 '20200202' 보세요. 대칭이죠. 이런 대칭은 굉장히 오랜 시간이 지나야 또 나오기 때문에 저 날을 기념하고자 하는 분들이 계시더라고요. 지금 글을 쓰고 있는 날은 1월 11일 일요일입니다. 몇 주가 남아있는 상태죠.

그런데 책이 나오고 난 후에는 이미 지난 날일 거예요. 하지만 대칭이라는 것을 알게 된 이상 엄청 특별할건 없지만 왠지 저 날에 특별한 일이 있었으면 좋겠다는 생각을 해봤어요. 그래서 저를 포함한 모든 분들에게 2020년 02월02일에 새해의 소원이 이뤄지길 기도해 봅니다.

접영 발차기를 설명하려고 하니 조금 긴장이 돼요.

접영은 두 번의 발차기에 한 번의 팔 동작으로 이루어져 있어요.

입수킥(원킥), 출수킥(투킥) 이라고 하는데요. 입수킥이 먼저고 그다음에 출수킥을 차는 겁니다.

물 위에 엎드린 상태로 입수킥을 차는데 발바닥이 위를 볼 수 있게 무릎을 굽혀야 합니다.

무릎을 굽힐 때 완전 굽히는 게 아니라 아주 살짝 접는 거예요. 물에서 발바닥의 위치는 물 위에 떠오르는 것이 아니라 물 표면에 살짝 걸쳐서 물이 발바닥 위에 찰랑찰랑거리는 정도면 충분해요. 그 상태에서 접어진 무릎을 편다는 생각으로 빵 하고 앞으로 물속으로 차주는 거예요. 여기서 힘이 들어가야 하는 부분은 허벅지고 물을 아래로 내리찍는 듯한 느낌으로 강하게 눌러주시는 거예요. 그런데 중요한 부분은 강하게 물을 내리찍고 나서 다리에 힘을 살짝 빼주셔야 자연스러운 접영 발차기가 됩니다. 입수킥을 할 때면 다리로 물을 강하게 내리는 동작에 의해서 엉덩이가 물 위로 떠오르게 돼요. 그러면서 상체가 물 아래로 쭉 내려가죠.

이 동작을 머릿속으로 잘 상상하시면 몸이 꺾인 모양하고 비슷해요. 그런데 이 동작을 계속 한다고 생각해 보세요. 발로 물을 내리찍기 위해 발이 위로 올라가고 발이 내려가면서 엉덩이가 올라가고 엉덩이가 내려가면서 아래에 있던 상체가 위로 붕 하고 올라갑니다. 마치 웨이브 동작하고 같아요. 이것이 접영 발차기고 웨이브라고 표현을 하는 거예요.

출수킥은 입수킥 다음에 나오는 동작인데 조금의 타이밍이 필요하더라고요.

입수킥만 차서도 상체가 물 밖에 빼꼼 하고 나올 수 있어요. 그런데 접영은 팔을 크게 돌려야 하기도 하고 빼꼼 하고 나온 상체는 숨을 제대로 쉴 수가 없기 때문에 상체가 제대로 나와서 숨을 고르게 쉬기 위해서는 추진력을 받아야 하는 거죠.

입수킥을 차고 몇 초의 시간이 흐르면 상체는 물 위로 점점 떠오르려고 해요. 왜냐면 발을 아래로 내리찍었기 때문에 하체는 가라앉은 상태인 거고 그에 반대로 상체는 위로 떠오르게 되는 거예요. 물속에 우리의 몸은 눌려서 가라앉는 곳이 있으면 반대로 위로 떠오르는 곳이 생겨요. 그래서 수영을 할 때 일직선인 수평인 자세를 중요하게 생각해요.

자유형을 한다고 했을 때 몸을 일직선으로 만들어서 물에 띄우지 않고 하체가 조금 가라앉아있거나 상체가 아래를 향해 있거나 하면 반대쪽의 몸은 물 위로 올라가게 되죠.

그럼 균형이 무너지고 자유형을 할 수조차 없어요.

그 원리를 이용한 거죠. 접영에서 입수킥을 차면서 물 아래로 다리를 내리고 그로 인해서 서서히 떠오르는 상체에 추진력을 주기 위해 다시 한번 물속에서 출수킥을 차줍니다.

이때의 킥은 발바닥이 물 위로 나오지 않아야 해요. 그리고 꼭 상체가 물 위쪽으로 올라갔을 때에 맞춰서 강하게 내리찍어야 해요. 급급하게 입수킥을 참과 동시에 출수킥을 차게 되면 억지로 허리를 세워서 물 위로 올라가는 게 되고 결국 허리에 힘이 들어간다는 말과 같아지면서 허리가 아파집니다. 출수킥을 잘했는지 확인하는 방법이 있다면 출수킥을 찼을 때 몸이 사선으로 일찍 선이 되어있는 형태면 잘하고 있는 거예요. 조금의 디테일은 더 붙이면 접영의 팔 동작을 했을 때 팔이 나의 허벅지 쪽에 위치할 때 출수킥을 차주면 좋은 타이밍입니다.

얼굴이 물 밖에 있고 다리는 물 아래에 있는 사선으로 말이죠. 이때 숨을 고르게 쉬어 주는 거예요.

최선을 다해서 적어봤어요. 그런데 이렇게 이론이 완벽해 보이지만 막상 해보라고 하면 저 잘못해요. 살짝 걱정이 되는 게 저는 배운 것을 생각나는 대로 적은 거예요. 수영을 아주 잘하시는 분들이나 선수 분들이 이 글을 읽고 "저거 아닌데" 하면 조금 난감할 것 같아요.

저는 선생님이 아니라는 건 다들 아실 테니까 이해해 주시겠죠. 입수킥과 출수킥의 타이밍은 이제 어느 정도 알지만 아직까지 팔 동작하고 그 타이밍을 맞추지 못해요. 자유형을 처음 할 때의 물의 저항을 이기지 못해서 물속에서 팔을 돌리지 못한 거와 같이 아직까지 접영의 팔 동작을 할 때 팔로 물을 넘기지 못합니다.

빠르게 돌리면 물이 넘어간다는 사실은 알고 있지만 빠르게 잘 안 돼요. 이것 또한 많이 노력하고 계속 꾸준히 해보다 보면 저항을 이겨내고 팔을 넘길 수 있게 될 거라고 생각합니다.

걸어볼게요

　여러분은 어떤 계절을 가장 좋아하세요? 그런데 이런 질문을 할 때 거의 10명 중에 7명 정도는 "겨울하고 여름 중에 어떤 계절이 좋아?" 하고 묻는 거 같았어요. 봄과 가을은 왜 뺀 거죠? 봄과 가을은 당연히 좋아할 거라고 생각해서 뺀 걸까요?

　저는 4계절 중에 가을을 가장 좋아합니다. 선선하게 불어오는 바람에 따뜻한 햇볕도 있고 예쁜 낙엽도 있죠. 거기에 맛있는 음식도 참 많은 계절이라서 마음이 풍족해진다고 생각해요.

　계절을 왜 얘기하는지 궁금하시죠. 단지 작가가 좋아하는 계절을 얘기하고 싶을 걸까? 그렇게 생각하셨다면 그것도 맞는 독서 감상이에요. 작가가 어떤 의도로 글을 쓰고 어떤 마음이 전달되었으면 좋겠다고 생각하는 건 정말 전적으로 작가 생각이에요. 저는 분명히 전달되었으면 하는 의도가 있어요.

하지만 아무리 그 의도를 전달하려고 애를 쓰면서 글을 써도 받아드리는 독자가 그렇게 받아드리지 않으면 어쩔 수 없는 거예요. 강요할 수 없는 부분이죠. 그러니 편하게 읽고 생각나는 대로 내 마음대로 감상하시면 돼요. 그게 맞는 거예요.

자, 그럼 이제 제가 왜 걸어볼게요 주제에 계절을 언급하는지에 대해 넣어볼게요. 사람의 마음이 한결같을 수가 없다고 글을 적었어요. 같은 음식을 먹어도 어제는 맛없다고 느꼈지만 오늘은 맛있다고 할 수가 있는 게 저와 여러분이에요. 같은 사물을 보고도 어제와 다른 생각을 할 수가 있죠. 하물며 사람을 좋아하는 마음이 어떻게 한결같다고 할 수 있어요. 단지 조금 변화되더라도 사랑이 변질되지 않았다는 걸 알기에 꾸준히 서로 아껴줄 수 있는 것뿐이죠. 누군가를 만날 때 저는 적어도 4계절은 함께 보내야 한다고 생각을 해요. (역시 이건 제 생각입니다. 인생에 단 한 사람의 생각이 맞고 틀리다고 말할 수 없어요. 다양한 생각들 중에 작가의 특권을 사용해서 오로지 제 생각만 적어내는 것뿐이에요.)

계절은 사람의 마음을 변화하게 만드는 묘한 힘이 있어요. 계절에 따라서 옷을 달리 입는 것처럼 사람의 성향도 성격도 변화하게 됩니다. 겨울에 만나 사랑에 빠진 한 연인이 봄으로 넘어갈 때 겨울과 같은 사람이라고 할 수 없다는 거죠. 옷도 바뀔 거고요. 봄을 바라보는 시선을 처음 보게 될 거고, 추운 계절에서 서서히 따뜻해지는 계절을 온몸으로 느끼면서 어떤 감정을 표출하는지에 대해서도 알게 될 거예요.

날씨에 따라서 사람은 감정적으로 변하기도 해요. 날이 너무 덥고 때론 너무 추우면 본성이 드러납니다. 그래서 저는 주변에서 누군가가 새로운 인연을 만난다고 말하고 그래서 제게 "이 사람 어떤 것 같아?" 하고 물어보는 상황이 생기면 언제나 같은 말을 하죠. "그 사람을 온전히 알고 싶다는 생각이 들면 4계절을 함께 보내봐" 라고 말을 해요. 계절이 주는 사람을 거르는 힘이 있어요. 내가 굳이 이 사람이 어떤 사람인가 확인하려고 하지 않아도 계절이 확인하게 해주는 요소들이 분명히 있어요.

여름에 너무 더우면 짜증나는 게 당연한 거고 겨울에 너무 추우면 움츠려 드는 게 당연해요. 누구나 그래요. 그런데 그것을 어떤 방법으로 표현해 내느냐에 따라서 내 인생에서 제외해야 하는 사람과 내가 앞으로 손을 잡고 가야 하는 사람으로 구분을 지을 수 있습니다. 이건 누가 알려줘야 되는 게 아니라 가장 가까이에 있는 나만이 구별할 수 있어요.

지금 내 연인과 함께 걸어가면서 봄을 지나고 여름을 보내고 가을을 느끼고 겨울을 바라볼 때 내 옆에 서 있는 연인이 나와 같은 곳을 꿈꾸며 걸어가는 인연이 될지 나를 괴롭게 하는 악연이 될지 그 어떤 연애 조언자도 아닌 '나'는 확인이 가능해요. 만약 나의 연인이 앞으로 악연이 될 거 같다는 생각이 들면 그 관계는 빨리 정리하는 게 좋아요. 하지만 쉽지 않겠죠. 마음이라는 게 생각대로 정리되지 않는 거니까요.

그렇지만 못할 건 없어요. 어렵겠지만 나의 행복을 위해서 노력은 해볼 수 있어요. 그러다 보면 마음에서도 지워질 거예요. 사랑은 주는 것도 중요하지만 받는 것도 아주 중요해요. 사랑을 정직하고 올바르게 주는 사람을 만나세요. 그럴 자격이 있는 여러분이잖아요.

도와주는 손길들

안녕하세요. 반갑습니다. 오늘도 기분 좋은 일이 선물처럼 있길 기도하면서 시작할게요.

자유형부터 배영을 지나고 평영과 접영까지 배우면서 저는 굉장히 느린 속도로 수영을 습득을 하고 있어요. 확실히 선생님의 손이 더 많이 가는 학생에 속하는 편입니다. 자유형을 할 때면 아직도 선생님이 물속으로 떨어지는 손을 잡아주세요. 그런데 어느 날부터인가 배영을 할 때 떨어지는 다리를 같이 수업을 받는 학생 분이 잡아주시기 시작하더니 평영의 다리를 봐주시고 접영의 팔을 눌러주시면서 앞으로 가시기 시작하셨어요.

어떤 순간에서 빨리 차고 일어나야 하는지 어떤 곳에서는 살짝 기다려야 하는지를 설명해주시면서 같은 속도로 제가 따라갈 수 있도록 모든 분들이 도와주시고 계신 거죠.

한 날은 제가 수업의 진도를 너무 못 따라가니까 이런 생각이 들었어요. 지금 다니는 수영을 그만하고 다시 초급반 수영부터 배워야 하는 게 아닌가 하는 생각이죠. 이 생각이 드는 이유는 제가 수영을 할 때 속도가 너무 느리다 보니까 50분을 같이 수업을 할 때 제 느린 수영 속도 때문에 모든 학생 분들이 중간에 멈추는 상황이 생겨나서인데요. 저 하나 때문에 수업에 민폐가 되면 안 되는 거잖아요. 그래서 새로 초급반이 7시쯤에 개강을 했기에 그 시간대로 옮길 생각을 했어요. 그걸 말씀을 드렸더니 저를 말리시면서 "다들 못해", "잘하고 있는 거야.", "잘하던데?" 격려의 말과 함께 계속해도 괜찮다는 말을 끊임없이 건네주셨어요.

수영의 실력이 늘고 안 늘고를 떠나서 옆에서 끊임없이 "괜찮아.", "그렇게 하는 거야.", "잘 하고 있는 거야." 라고 격려와 응원을 해주신다는 건 실력과 관계없이 엄청난 용기 생기는 거였어요. 자신감이 붙기 시작하고 잘 못 따라가는 수업 시간 동안에 불편함이 사라지고 가만히 듣고만 있던 50분이었는데 반대로 선생님에게 질문을 할 수 있게 되는 능동적인 사람으로 변하고 있는 거죠. 아주 좋은 변화에요. 실력은 꾸준히 하면 늘어요. 물론 누가 봐도 더딘 사람이지만 늘 수밖에 없죠.

하지만 수동적이었던 내가 주변 사람들의 말에 의해서 능동적으로 변화한다는 건 아주 좋은 일인 거예요. 사람은 살면서 수동적이었을 때와 능동적이었을 때의 결과가 달라요.

누군가에게 이끌려서 나의 의견이 없이 살았을 때의 결과물은 어느 날 알게 돼요. 내가 온전히 만족할 수 있는 결과물이 될 수 없다는 것을요. 하지만 그 결과물이 그렇게 좋은 것이 아니라고 할지라도 나 스스로 나의 의견을 말하고 내가 능동적으로 움직여서 만들어낸 결과물에는 그 과정에 만족을 느낄 수가 있어요. 그리고 다음에 또 한 번 내가 능동적으로 움직일 수 있는 자신감을 부여해줍니다.

주변에 보면 나의 의견이 없이 살아가는 사람들이 꽤 많아요. 그런 분들과 대화를 하다 보면 그분들이 뭘 좋아하는지 모를 때가 많아요. 다양한 예시가 있겠지만 일상에서 쉽게 볼 수 있는 예를 들면 영화를 보러 갔을 때 "네가 보고 싶은 거." 밥을 먹으러 가려고 할 때 "네가 먹고 싶은 거." 학교에 단체 티를 주문할 때 "너희들이 그냥 하고 싶은 거. 난 빼줘." 이런 선택들에 있어서 귀찮아서라고 말씀하실 수도 있어요.

때론 정말 네가 먹고 싶은 걸 먹어도 되기 때문이라고 할 수 있습니다. 하지만 능동적이다, 수동적이다 라는 단어는 이럴 때 역시 사용할 수 있는 언어입니다. 평범한 이러한 일상 속에서도 '나' 라는 인물은 어느새 수동적인 사람이 되어 있는 거죠. 이런 사람이 사회에 나가서 자신의 의견에 목소리를 내는 건 상당히 어려운 일이에요.

우리가 살고 있는 세상이 과학적으로 발전하는 것도 중요하지만 사람과의 관계에서 서로 더욱 더 존중하고 각자의 의견이 반영되고 보이지 않는 유리 장벽이 하나둘씩 깨지기 위해서는 자신의 의견을 얘기할 수 있는 능동적인 사람들이 많아져야 해요. 그런 상황을 만들기 위해서는 수동적인 사람들에게 힘을 실어줘야죠. 수동적인 사람들은 자신의 의견을 내고 그 의견으로 토론하는 것을 두려워하는 경향이 강해요.

하지만 옆에서 끊임없이 "그 말도 일리가 있어.", "너의 의견도 중요해." 라고 말해준다면 어느새 그 사람은 능동적인 사람으로 변화하고 있을 거예요.

여러분도 듣고 싶고 알고 싶으시죠. 옆에 있는 사람의 의견.

당당하고 떳떳하게

월말이 되는 요일에 자유 수영을 한다고 해요. 선생님이 안 계시고 학생분들 만 50분 수업 시간 동안 자유롭게 수영을 하는 형태인 거죠. 그런데 저는 그걸 잘못 알아듣고 오전부터 오후까지 계속 자유 수영이라고 생각했어요. 그래서 제가 수업하는 시간대에 가지 않고 엄청 일찍 갔죠.

일찍 가서 수영장 안을 들여다보니까 왠지 느낌 세한 거예요. 뭔가 들어가면 안 될 것 같은 느낌이 강하게 왔어요. 그래서 발을 돌려서 탈의실에 앉아있었죠. 그렇게 삼십분을 가만히 앉아있었어요. 애석하게 삼십 분 동안 탈의실에는 사람이 한 분도 없었습니다. 누구라도 있었으면 물어봤을 텐데 아무도 없으니 물어볼 수가 없었죠.

그러다가 수영장에서 사람들이 나오기 시작하고 제일 마지막에 나오신

한 분에게 제가 물어봤어요. 자유 수영이라고 들었는데 계속 자유 수영 아니에요? 하고 말이죠.

그랬더니 내가 수업하는 그 시간 동안만 자유 수영이라고 하시더라고요. 즉, 전부 자유 수영은 맞지만 내 시간 동안만 있을 수 있다는 말이에요. 그래서 저는 제 시간이 될 때까지 탈의실에서 기다렸어요. 시간 엄청 안가더라고요. 그러다가 제가 수업하는 시간이 되고 수영장에 들어갔죠. 그런데 주말에 내가 하고 싶은 시간만큼 수영을 하는 것과 50분 제한 시간을두고 자유롭게 수영을 하는 건 느낌이 다르더라고요.

왠지 50분 안에 뭔가를 완성시켜야 한다는 중압감이 쌓이기 시작하는데한 번이라도 자유형을 성공하거나 평영을 성공해야만 50분을 잘 보낸 것같은 생각이 드는 거예요. 그런 생각이 들어왔으니 마음에 부담이 쌓이고몸은 더 무거워 질 수밖에 없어요.

수영이 잘 될 리가 없겠죠. 그날 그렇게 수영을 끝내고 집에 돌아와서 월말 자유 수영은 오히려 수영을 거부하게 만드는 느낌이 들겠다. 생각했어요.

그래서 조금 생각을 바꿨죠. 월말 자유 수영을 가면 보시는 선생님도 없고 말 그대로 자유에요.

수영을 완벽하게 하고자 하는 욕심을 내려놓고 물과 친해지는 시간을가지는 거라고 생각하기로 한 거죠. 그래서 이제는 월말 자유 수영을 가면열심히 영법을 하면서 25m을 멈추지 않고 가보겠다 하는 게 아니라 그냥내가 하고 싶은 대로 하다 와요. 물속에 가만히 있고 싶으면 가만히 있기도하고 얼굴을 넣고 걸어 다니고 싶으면 그렇게도 해요.

물을 무서워하지 않고 친숙해지기 위해서 정말 내가 하고 싶은 것만 하다가 와요. 그랬더니 그동안 느꼈던 배영을 할 때 물이 보이지 않아서 두려웠던 그 감정이 서서히 사라지더라고요.

학생들이 공부를 싫어하는 이유는 제한 시간 동안 썩 재미있지도 않은 문제를 더 많이 풀어야 하고 맞춰야 한다는 중압감이 있기 때문이에요. 또한 그 결과로 인해서 자신이 평가받아야 하기 때문입니다. 그런데 공부가 재미있지 않다는 생각이 없어진다면 말을 좀 달라지겠죠.

요즘 보면 부모님의 열정으로 3세 이하 애기들이 영어도 배우고 중국어도 배우고 숫자도 배우는 경우를 종종 봐요. 생각해보면 애기들이 좋아할까? 이런 생각이 들잖아요.

그런데 애기들이 얼마나 그 시간을 좋아하는지 몰라요. 왜냐면 수업을 하는 동안 우리가 중고등학생 때 했던 수업처럼 애기들한테 절대 하지 않기 때문이에요.

음악이 나오고 애기들은 몸을 사용하고 만져볼 수 있어요. 즉, 놀이의 형태로 수업이 진행됩니다. 애기들은 수업이라고 생각하지 않아요. 단지 신나는 음악과 함께 놀고 있다고 생각할 뿐이죠. 애기의 머릿속에 얼마나 깊이 영어단어들이 남아있는지는 저는 알 수가 없어요.

하지만 애기가 그 순간에 웃고 즐거웠던 감정은 분명 남을 거라고 생각해요. 그럼 그 애기가 나중에 성장해서 초등학생이 되고 중학생이 되면서 나중에 고등학생이 되었을 때 과거 자신이 즐거워했던 수업들을 기억해내면서 친숙하게 다가갈 수 있을 거라고 생각해요. 과거의 좋은 기억은 현재에도 좋은 기억으로 머물 수 있어요.

초등학생이 되는 아이에게 공부를 강요하게 된다면 잘할 수는 있어요. 매번 시험 성적과 아이를 동등하면서 바라본다면 아이는 성적을 통해서 인정받고 싶을 거예요.

하지만 행복한 전교1등은 되지 못할 거예요. 그러다 자신이 진짜 원하는 꿈을 어느 순간 잃어버리고 세상이 원하는 틀에 맞는 직업을 선택하겠죠. 그건 행복한 게 아니에요. 좋은 기억을 많이 심어주세요. 공부라는 것이 두렵고 꼭 일등을 해야만 하는 것이 아니라 그 시간이 재미있고 또 하고 싶어지는 그런 행복한 기억들을 많이 심어준다면 훗날 그 아이가 어떤 사람이 되어도 당당하고 떳떳할 거예요.

생각의 차이

여러분은 버릇이 있으세요? 저는 이번 주제를 생각하면서 나한테 버릇이 있을까…… 하고 생각하다가 중요한 자리에 가게 될 일이 생기면 그 날의 하루를 머릿속으로 시뮬레이션하는 버릇이 있다는 걸 알았어요. 머릿속으로 그림을 그리듯이 그날의 시작과 마지막을 그려보는 거죠.

예행연습 같은 거예요. 이런 버릇은 낯을 가리고 긴장을 많이 하는 거에서부터 시작이 된 거 같아요. 이러한 버릇 때문인지 중요한 자리에 갔을 때 겉으로 보이는 어색함이 별로 없어요. 그래서 처음 저를 접하는 사람들은 낯을 가린다거나 소극적인 사람으로는 보지 않을 때가 많아요. 제가 이러한 버릇을 가지고 있다는 것을 알면 조금 놀라겠죠.

접영에 들어가면서 오리발을 끼고 수영을 하는 순간이 왔어요.

오리발을 끼고 수영을 하면 어떨까? 하고 막연하게 생각은 해봤지만 막상 끼고 수영을 하려고 하니 어색할뿐더러 수영장 바닥에 가만히 서 있는 것조차 잘 안되는 거예요.

오리발의 바닥 부분이 굉장히 미끄럽기도 하고 오리발을 끼고 앞으로 걸을 수도 없어요. 옆으로 걷거나 뒤로 걸어야 넘어지지 않는 게 오리발이 죠. 물론 오리발을 끼고 수영을 하면 슉슉— 앞으로 잘 나가요. 물을 가르고 앞으로 나간다는 게 이런 느낌이구나 싶은 생각이 들 정도로 빠르게 나가요. 그런데 저는 썩 좋지 않았어요. 오리발을 끼고 수영을 하면 내가 수영을 굉장히 잘한다는 생각이 들 정도로 잘 돼요.

그런데 오리발을 끼다가 갑자기 끼지 않고 수영을 하게 되면 어떻게 발을 움직였더라? 어떤 타이밍에 발을 찼더라? 하고 생각이 멈춰버려요.

자유형을 할 때도 오리발이 있다가 없으니까 발이 너무 어색한 거예요.

앞으로 나간다는 느낌도 훨씬 적어졌어요. 그래서 개인적으로 오리발 수업을 그렇게 좋아하지 않아요. 도움을 받는 거는 좋지만 그 도움이 사라지니까 할 수 있는 게 하나도 없는 거예요.

이제 막 발차기가 익숙해지기 시작했는데 오리발 수업을 하면서 다시 어색해지고 있다는 거에 크게 실망했죠. 사실 이해가 안됐어요. 왜 오리발 수업을 해야 하는지. 단지 빠르게 나가고 싶어서 하는 거라면 굳이 안 해도 된다고 생각했어요.

그런데 오리발이라는 건 단지 빠르게 나가기 위해서만 존재하는 게 아니더라고요. 수영은 올바른 자세가 기본으로 되어 있어야 하는 스포츠에요. 자세가 올바르지 않으면 물을 뚫고 앞으로 나가기도 어려울뿐더러 물 위에 떠 있는 것도 힘들어져요.

오리발의 역할이 여기서 빛을 내는 거죠. 오리발을 끼고 수영을 조금 더 편하게 함으로써 자세에 신경을 쓸 수 있어요. 그동안 올바르지 않았던 나의 수영 자세를 바르게 수영하기 편하게 만들어주는 역할을 하더라고요. 그걸 알고 난 후부터 오리발 수영을 할 때 단지 빠르게 나가야 한다는 생각과 오리발을 끼지 않으면 어색할 텐데 하는 생각을 내려놓고 조금 더 올바른 자세를 만들어야겠다는 생각을 하게 됐어요.

어떤 생각을 하고 문제를 풀어 가느냐에 따라서 정답은 전부 다르게 나와요. 오리발이 불편하다고 생각하고 문제를 바라볼 때는 어색할 뿐이었지만 오리발이 주는 또 다른 의미를 생각하고 문제를 직면했을 때 저의 자세는 점점 바르게 수정이 되고 있어요.

매일 같이 새로운 문제가 생겨나요. 오늘은 또 어떤 문제에 직면하게 될까 그래서 어떻게 풀어가야 할까 고민하죠. 그럴 때마다 문제를 어떻게 바라보느냐에 따라서 답은 전부 달라요.

생각의 차이 라는 말이 있잖아요. 어떤 생각을 하고 있느냐에 따라 나의 잠드는 순간이 개운할 수도 어쩌면 찝찝할 수도 있어요.

나에게 맞는 자세

우와 저는 제 기억력이 놀라워요. 지금까지 글을 쓰면서 매일 같이 기록해 놓은 것을 보고 옮기는 게 아니에요. 전부 그땐 이걸 배웠지 이땐 이런 상황이 있었지 하는 것들을 기억해서 쓰고 있어요. 접영의 마지막 주제로 넘어오면서 오늘은 제 자신을 칭찬해야 할 것 같아요. 여러분도 오늘 스스로를 칭찬해 주세요.

2020년이 되면서 주변에서는 새해 소원을 많이 말해요. 새해에는 이런 사람이 되었으면 좋겠다. 라는 말도 간간이 들려요. 그런데 2019년의 나에게 고생했다는 말은 잘 안하더라고요. 소셜에 보면 간혹 있긴 하지만 정작 본인에게 "2019년에 나에게 고생했어." 라고는 잘 안 해요. 어색해서 그런가요? 아니면 별로 고생을 하지 않았을까요? 어색하고 이게 뭐 하는 건가 싶더라고 한번 말해보세요. 속으로 해도 괜찮아요.

"2019년의 나에게 1년 동안 수고했어요."

접영 팔 동작에 들어가면서 그동안 영법 중에 가장 어렵다고 느꼈어요. 원래는 평영이 가장 어렵다고 생각했는데 아니더라고요.

자세가 엉성하더라도 뭐가 비슷하게나마 되긴 해야 연습이라도 할 텐데 아예 되질 않으니까 이건 뭐 어쩔 도리가 없는 거예요. 그런데 가장 하고 싶은 영법이에요.

그래서 가장 많은 공을 들이고 있어요. 머릿속으로 물을 상상하고 그 물에 내가 떠 있고 입수킥을 차면서 몸을 아래로 내린 뒤 출수킥을 차고 몸을 들어 올리죠. 그럼과 동시에 팔이 빠르게 돌아가고 다시 킥을 차고 상체가 아래로 내려는 상상을 하루에 몇 시간씩 해요.

그리고 연구를 하고 한번 상체가 들어 올려져서 팍욱 돌리고 나 뒤 또다시 접영을 이어가려면 다리의 위치가 어떻게 돼야 하는지 상체는 물속에서 어떤 위치에 있어야 하는지를 끊임없이 연구를 해요. 이럼에도 잘 못해요. 그럼 이게 부질없는 짓일까요?

지금 당장은 빛을 보지 못하고 있으니 그렇게 느낄 수도 있어요. 하지만 내일의 내가. 일주일 후의 내가. 여전히 오늘과 같다고 할 수는 없어요.

접영을 잘하기 위해서 수많은 영상을 몇 시간씩 몇 주를 봤어요. 나중에는 영상의 처음 대사도 저절로 외워질 정도더라고요. 접영의 팔 동작 영상을 보다 보면 알려주는 사람마다 팔 동작이 조금씩 달라요. 물 위에 팔이 떠 있을 때는 양팔을 귀에 붙이고 손바닥이 물 아래를 볼 수 있는 자세를 취해요. 슈퍼맨 자세인 거죠. 그리고 출수킥을 차면서 양팔을 물 아래로 쓱 하고 잡아당기는 거예요. 그럼 팔은 가슴을 지나 옆구리를 지나고 등을 지나쳐 있어요. 그럼 멈추지 말고 양팔을 물 위로 옆으로 쭉 올려요. 그럼 양쪽 팔은 쫙 벌려진 상태로 물 위에 올라오게 됩니다. 그 팔을 다시 머리 앞으로 모아주면서 물속에 넣어주죠. 쉽게 말해서 팔을 휙휙 돌리는 거예요. 그런데 어떤 영상을 보면 물속에서 팔이 살짝 휘어지듯이 어떤 모양을 만드는 경우도 있어요. 어떤 게 맞을까? 생각이 드는데 사실 수영은 올바른 자세가 기본이 되어야 하지만 그 자세는 결국 나에게 맞는 자세를 얘기하는 거예요. 접영을 할 때 기본적으로 선생님들이 알려주시는 자세가 정해져 있지만 내가 하다 보니까 그것보다는 이렇게 해야 더 잘되는 거 같아. 하는 자세가 있으면 그게 맞는 거예요. 사람은 전부 다른 체형을 가지고 있기 때문에 올바른 자세 역시 전부 다를 수밖에 없어요. 수영을 좋아하고 현재 관심을 많이 두고 있다 보니까 수영을 좋아하는 다른 분들의 고민을 들을 기회가 종종 생겨요. 일을 하다가도 종종 듣고 지인들과 얘기를 하는 도중에도 간혹 들어요. 다양한 수영에 관한 얘기를 하지만 대부분 저에게 "난 남들하고 다르게 자세가 예쁘지 않은 거 같아." 라고 말해요. 자세가 예쁘지 않다니요. 충분히 예뻐요. 충분히 잘하고 있는 거라고 말해드리고 싶어요.

사람들은 이 세상에 완벽한 건 없다고 합니다. 하지만 저는 완벽하고 온전한 게 있다고 생각해요. 사람은 그 존재만으로 온전하고 완벽합니다.

하지만 늘 선택에 자신이 없어요. 그리고 항상 기회가 부족했다고 말하고 단정 지어버리죠. 우리는 어떤 모습을 가지고 있건 어떤 성격이건 관계없이 완전하고 소중해요. '나'라는 사람을 대신할 무언가는 아무리 생각해도 없어요. 선생님이 알려주는 자세를 그대로 따라 할 수 없는 건 그건 내가 선생님의 체형을 가지고 있지 않아서 일 뿐입니다. 선생님과 나는 절대적으로 다른 사람이죠. 나는 나의 자세를 찾아내면 돼요. 절대 못하거나 자세가 예쁘지 않다거나 하는 게 아니란 거죠.

제5부
공사

잘했다
수고했다

사실 제5부까지만 목차를 고민하고 만들었어요. 이미 접영까지 마무리가 되었으니까요. 그런데 왠지 전달하고자 하는 바가 조금 아쉬운 거예요. 글을 집중해서 볼 필요는 없어요. 어차피 제가 곳곳에 책이 의미하는 바를 다 말해놔서 설렁설렁 봐도 이해가 어렵진 않아요.

제가 목차를 고민해서 나누고 이런저런 상황들을 나열하고 수영의 영법을 적어놓고 한 모든 내용들이 같은 의미를 가지고 내포하고 있어요. 결국 같은 말을 여러 가지 상황들로 표현해 놓은 거예요. 제6부 역시 똑같아요. 희망을 주고 싶고 용기를 주고 싶고 여러분의 자존감이 높아지길 바라면서 제6부도 적고 있는 거죠.

아실 테지만 이 글은 교훈이 없어요. 혹시 교훈이라고 생각한 구절을 봤다면 책을 읽는 순간 여러분이 교훈을 얻고 싶은 마음이 있었을 뿐이에요. 여러분의 그 마음과 제 글의 구절이 절묘하게 만난 것뿐이죠. 책이란 내가 어떤 상황이냐에 따라서 긍정적이게 다가오기도 하지만 부정적이게 다가가려면 충분히 부정적으로 다가갈 수 있어요.

제가 쓴 말들을 안 좋게 보려면 얼마든지 안 좋게 바라볼 수 있다는 거죠.

그래서 전 글로 된 모든 것들은 살아있다는 생각이 들어요. 읽는 자의 환경과 기분에 따라서 글은 웃기도 하고 울기도 해요. 그렇지만 작가는 생각하죠. 이왕이면 어떤 환경에서도 어떤 기분을 가지고 읽는 거라고 할지라도 긍정적인 영향을 끼치는 글이었으면 좋겠다 라고 생각합니다.

작가의 소원이 반짝반짝 이루어지길 기도하면서 마지막 목차에 시작을 알려볼게요. 수영장을 어느 날 갔는데 3월부터 수영장 운영을 안 한다고 하더라고요.

4개월 동안 수영장 공사를 한 대요. 그 말을 들으니까 그동안 배운 수영을 4개월 동안 못한다고 하면 분명 까먹을 텐데 생각이 들었어요. 재미있어하고 열심히 하던 것을 의도치 않게 중간에 멈춰야 한다니 간단하게 표현하면 기분 별로에요.

다른 표현을 생각하려고 하면 많이 떠오르겠지만 그냥 별로에요. 그래도 어쩌겠어요. 4개월 동안 공사를 한다고 하는데 제가 막을 수가 없는 거잖아요.

시한 제한이 있는 삶을 그리 좋아하지 않아요. 나의 모든 가능성을 전부 보여주지 못할 거라고 생각을 하기 때문에 모든 경우에 시간을 넣지도 않고 외출 시 시간 체크를 잘 하지도 않아요.

그런데 원치 않게 두 달이라는 시간제한이 생겼어요. 제 딴에는 정말 내키지 않은 환경이 만들어진 거죠. 제한이라는 단어가 머리 위에 생기면 누구나 다 그 안에 최선을 다해봐야지 하는 생각을 합니다. 하지만 그러다 보면 놓치는 것들이 생겨요.

차라는 것이 생겨서 원하는 목적지에 빨리 갈 수 있다는 건 엄청난 혁명이에요. 이제는 대중교통이나 차가 없이는 이동하기가 매우 어려울 정도이죠.

그런데 차라는 것이 생기면서 주변을 둘러보는 기회가 확실히 적어졌어요.

일상에 편리함을 가져다 준건 맞지만 어쩌면 많은 것들 놓치고 살고 있는지도 몰라요. 그래서 저는 공사가 들어가기 전 앞으로의 약 두 달 동안 수영을 하는데 있어서만 최선을 다하려고 하지 않고 그동안 함께 해주신 모든 분들에게 감사하는 시간을 보내려고 해요.

두 달 동안 수영을 하면서 안 늘면 어때요. 더 중요한 걸 알았잖아요.

제가 수영을 배우면서 왜 난 안될까? 하는 생각에 혼자 울고 있을 때 다가와 주신 분들이 있었고, 다시 초급반으로 가야 할까 고민할 때 격려해주는 분들도 있었죠. 항상 느리고 멈춰있는 학생을 모른 척 하지 않고 끝까지 챙기려는 선생님도 계셨어요. 굉장히 좋은 인연을 많이 만났고 그로인해서 다시 한번 세상을 새롭게 볼 수 있는 눈을 얻었죠.

저는 이거면 이미 수영을 '잘했다' 말해도 충분하다고 생각해요.

인연

    사람과의 인연이 내 뜻대로 된다면 어떨 거 같으세요? 만약 그렇게 된다면 저는 제일 좋아하는 연예인이랑 친구하고 싶어요. 그리고 언제인지 모르게 제 마음에 들어온 사람과 빨리 연인이 되고 싶어요.

    요즘 보면 최애라는 말을 많이 사용하시더라고요. 최애랑 친구가 되고 싶으신 분들도 계실 거예요. "꿈은 이루기 위해서 꾸는 겁니다."

    그런데 사람의 인연은 마음대로 되는데 아니기 때문에 더 간절해지고 좋은 인연을 만났을 때 더 신경이 쓰이는 거 같아요. 저 역시 좋은 인연을 만났을 때 행동이나 말에 더 신경을 써요.

    나에게 좋은 인연으로 다가온 사람들에게 나 역시 좋은 인연으로 남았으면 하는 거죠. 주변을 둘러보면 내가 그렇게 잘난 사람이 아닌데도 내 옆에 꾸준히 있어주는 친구들이 있어요. 여러분도 주변에도 있을 거예요. 아주 좋은 인연인 거죠. 또한 내가 살갑게 다가가지 않았는데도 먼저 손 내밀어서 다가와 주는 사람들도 있어요. 언제나 좋은 말로 힘이 생기게 해주는 사람들도 분명 있습니다. 그런 다양한 인연들을 만난 것에 감사해야 해요.

저 역시 감사하고 있어요.

이렇게 여러분을 만나게 된 것도 제가 매일 감사하며 살아야 하는 부분입니다.

편견은 나부터 없애야 한다

수영을 배우면서 총 4가지 영법을 배웠어요. 수영 중에 가장 배우기 쉽다고 오만한 자유형과 보이지 않는 공포가 더 무서웠던 배영. 그리고 자세가 썩 보기 좋아 보이진 않지만 물을 뚫고 가는 힘이 매력적이던 평영. 물을 부드럽게 타는 아름다운 접영까지 이렇게 4가지 영법이죠.

4가지 영법을 배우면서 느낀 점은 각자 매력이 있는 영법이고, 어느 하나 노력 없이 되는 게 아니라는 거였어요. 4가지 영법은 몸을 움직이는 게 전부 달라요. 팔도 다리도 전부 다르게 움직이고, 물을 가르는 힘도 다르게 작용하죠. 하지만 물을 뚫고 앞으로 나간다는 건 모든 영법이 똑같아요.

우리의 직업도 셀 수 없이 많아요. 어떤 사람은 사무실이 일하는 곳일 수 있고, 어떤 사람은 길 위가 일하는 곳일 때도 있어요. 때론 물이 일하는 곳일 때도 있죠. 불 속이 일하는 곳일 때도 있고요. 이렇게 모든 직업은 전부 달라요. 그 수를 세기도 힘들 고요. 그런데 결국 그 모든 직업을 가진 사람들이 가는 길은 같아요.

내가 이 일을 하는 건 "행복" 하기 위해서예요. 직업은 전부 다르지만 모든 사람이 행복을 위해서 노력하고 앞으로 가고 있어요. 그래서 직업만 보고 그 사람을 판단할 수 없는 거예요.

사람들은 상대방의 직업을 보고 사람을 결론 지어버릴 때가 있어요. 그럼 안 된다는 걸 누구보다 잘 알지만 그렇게 할 때가 참 많아요. 하지만 역으로 생각하면 다른 누군가가 나의 직업을 보고 나를 판단할 수도 있다는 거예요.

내가 가지고 있는 직업은 나를 표현할 수 있는 하나의 방법일 뿐이에요. 나를 전부 표현할 수 없어요. 내가 어떤 것을 좋아하고 무엇을 잘하는지 모르는 사람들이 나를 직업 하나로 결론짓고 판단하는 건 불쾌해요.

그래서 이러한 편견이 사라져야 해요. 나와 여러분은 현재의 직업으로만 표현되기에는 아쉬워요. 잘하는 게 얼마나 많은데 자랑하고 싶은 것들이 얼마나 무궁무진하고 앞으로의 가능성이 얼마나 무한한지 셀 수가 없는데 어떻게 직업 하나로 나를 표현할 수가 있겠어요.

제 글의 방향을 아신다면 이제 나올 말이 있죠. 그런 편견이 사라지기 위해서는 나의 마음에 있는 다른 사람을 바라보는 직업에 대한 편견부터 없애야 해요.

우리 다시 만나요

안녕하세요. 오늘은 날이 선선하니 제가 느끼기에 춥지도 않고 딱 좋아요. 이런 날은 모든 일을 제쳐놓고 느긋하게 산책하는 게 좋을 것 같아서 나갔다 왔어요.

그런데 막상 나가서 걸을 때는 좋았는데 집에 들어와서 보니 해야 할 일이 산더미인 거예요. 괜히 나갔다 왔나 괜히 여유 부렸나 하는 생각이 들었어요. 그래서 밥 먹을 시간도 없이 일만 주야장천 하다가 글을 쓰고 있어요.

제가 자청한 행동이기 때문에 원망할 사람도 상황도 없어요. 그냥 이럴 때면 '그러려니' 하면서 차근차근 일을 해나가면 됩니다. 평소보다 조금 더 바쁠지라도 덕분에 느긋하게 걷다 올 수 있었잖아요.

책을 읽으시면서 공감하시는 부분도 있었을 것이고, 희망이 꿈틀거리는 부분도 있었을 거예요.

하지만 그 반대도 있었겠죠. 최대한 이해하기 쉽게 글을 쓰기 위해 제 개인적인 얘기를 많이 넣었어요. 질문도 많이 넣으면서 대화 형태의 글을 썼어요. 단지 검은색의 글자일 뿐이지만 소통하는 글을 쓰려고 노력했어요.

'잠시 쉬었다 갈까요?' 책하고 비슷한 방향성을 가지고 있지만 묘하게 달라요. 첫 번째 버스정류장의 글은 바쁜 삶에 잠깐 쉬었다 가도 된다는 의미를 부여하고 있어요. 하지만 이번 글에 담긴 수영장에 의미는 앞으로 가자라는 의미가 내포되어 있습니다.

제가 언제나 응원을 하고 여러분이 가는 길이 옳다고 말해드릴게요.

오늘도 맛있는 거 드시고 하고 싶은 거 하면서 그 선한 미소 많이 보여주세요.

에필로그

수영복은 세탁기에 넣어서 돌리면 오래 입지 못해요. 손빨래를 하고 손으로 꽉 짜서 물기를 어느 정도 제거하고 건조대에 널어주세요. 수영을 할 때 수경에 물이 들어가면 내가 물속에서 눈을 꽉 감았다 뜨고 있는 것이 아닌가 생각해 보세요. 눈을 꽉 감으면 눈 주변에 근육들이 움직여서 수경이 들뜰 수 있어요. 그럼 그 안으로 물이 들어올 수 있습니다.

수영 초보자 분들은 오리발을 구매할 때 상대적으로 부드러운 오리발을 구매하시는 좋아요. 만져보면 알 수 있을 거예요. 인터넷으로 구매할 때에는 문의를 남기면 편할 겁니다.

수영으로 다이어트를 하고 싶은 분들은 수영에만 의지하면 안 돼요. 수영이 칼로리 소모에 확실히 도움을 주긴 하지만 초보 수영은 그렇게 많은 운동량이 있진 않아요. 그렇기 때문에 다이어트를 위해서는 먹는 양을 조절하셔야 하고요. 그렇게 되면 확실히 체중감량에 도움이 됩니다.

바쁜 시간에 책 읽느라 고생했어요. 감사해요.